Une conquête scandaleuse

CAITLIN CREWS

Une conquête
scandaleuse

Traduction française de
LOUISE LAMBERSON

Azur

H HARLEQUIN

Collection : Azur

Titre original :
UNTAMED BILLIONAIRE'S INNOCENT BRIDE

© 2019, Caitlin Crews.
© 2020, HarperCollins France pour la traduction française.

Ce livre est publié avec l'autorisation de HARLEQUIN BOOKS S.A.

HARPERCOLLINS FRANCE
83-85, boulevard Vincent-Auriol, 75646 PARIS CEDEX 13
Service Lectrices — Tél. : 01 45 82 47 47

www.harlequin.fr

ISBN 978-2-2804-3613-7 — ISSN 0993-4448

1.

Lauren Isadora Clarke était une Londonienne pure souche.

Les charmes tant vantés de la campagne anglaise ne l'attiraient absolument pas. Cet océan de verdure quadrillé de haies qui vous barrent le passage, dans toutes les directions – quelle horreur ! Non, ce n'était pas pour elle. Lauren préférait la ville. Là, au moins, elle pouvait se rendre n'importe où, par toutes sortes de moyens de transport, et en cas de problème, eh bien, elle se déplaçait à pied. Elle était d'une ponctualité infaillible et savait marcher très vite, mais pour rien au monde, elle ne se serait affublée de ces horribles *bonnes* chaussures à semelles de caoutchouc !

La randonnée ne l'avait jamais tentée. Comment peut-on prendre plaisir à battre la campagne durant des heures, par tous les temps, quitte à patauger dans la boue, au prétexte qu'on prend l'air et que c'est bon pour la santé ?

Lauren aimait le béton, les briques, le métro, et les boutiques proposant des plats à emporter à tous les coins de rue.

Et pourtant, elle était là, à marcher sur ce que l'aubergiste du village avait appelé une *route* – alors qu'il ne s'agissait en réalité que d'un vulgaire chemin –, qui s'enfonçait dans une épaisse forêt hongroise.

Naturellement, elle portait des chaussures à hauts talons. Tout, dans sa vie, était raisonnable et parfaitement organisé parce qu'elle avait l'esprit pratique. Elle payait ses factures à temps, voire en avance, dormait juste ce qu'il fallait pour reprendre des forces, et se levait tôt pour se préparer et arriver de bonne heure au bureau – quand elle ne passait pas la nuit sur place. En résumé, elle se consacrait entièrement à son travail d'assistante personnelle du riche et puissant P-DG de Combe Industries. Lauren était totalement dévouée à son patron, et éprouvait une immense satisfaction à la pensée de lui être indispensable.

Sa seule et unique folie, c'était les chaussures, lesquelles n'avaient rien de pratique, au contraire. Elle les choisissait pour leur beauté, leur raffinement, ces accessoires étant destinés avant tout à lui rappeler qu'elle était une femme. Ce dont elle avait grand besoin en ces temps où Matteo – son patron – la traitait davantage comme une machine qu'il préférait apparemment voir fonctionner en totale autonomie.

Quelques semaines plus tôt, il lui avait soudain annoncé, avec son sérieux habituel, que sa mère avait abandonné un enfant avant de se marier.

Lauren, comme tous ceux qui avaient l'occasion de lire, ne serait-ce que de loin, les gros titres des tabloïdes, savait tout sur les parents de Matteo. Et, étant sa collaboratrice, elle en savait davantage que la plupart des gens.

La belle Alexandrina San Giacomo, riche aristocrate, avait défié la raison et sa famille vénitienne en épousant Eddie Combe, aussi fortuné qu'elle mais dont les ancêtres n'avaient rien d'aristocratique, tant s'en faut. Originaires du nord de l'Angleterre, ceux-ci avaient bâti leur empire de leurs propres mains, et sans rechigner à se servir de leurs poings au besoin. Aussi l'idylle improbable d'Alexandrina et Eddie avait-elle provoqué maints scandales, leur mariage d'amour mouvementé donnant par la suite lieu à pléthore de spéculations, avant que leurs décès, survenus à quelques semaines d'intervalle, suscitent encore plus de remous.

Mais jamais il n'y avait eu la moindre rumeur à propos d'un fils illégitime.

Dès qu'elle avait appris l'existence du demi-frère de Matteo, Lauren avait compris qu'une fois que la nouvelle se répandrait – ce qui arriverait forcément tôt ou tard parce que ce genre de « secret » finit toujours par être divulgué – le pire ne serait pas les rumeurs, mais les meutes de paparazzis qui ne leur laisseraient pas un instant de répit.

— Je veux que vous le retrouviez, avait enchaîné Matteo.

Sur le même ton qu'il lui aurait demandé d'aller lui chercher un café.

— J'ignore complètement de quel genre d'individu il s'agit, avait-il poursuivi, mais je tiens à ce qu'il soit prêt à affronter les médias et, si possible, accommodant.

— Vous ne l'avez jamais rencontré, avait répliqué Lauren. Il pourrait très bien vous mépriser, vous et votre mère, et ne rien vouloir savoir des San Giacomo. Et vous croyez néanmoins pouvoir le décider à se montrer *accommodant* avec vous ? Vous croyez vraiment qu'il va se plier à vos quatre volontés ?

— J'ai confiance en vous.

Elle avait aussitôt excusé la nouvelle lubie de son patron. Le pauvre, il avait tellement de problèmes à gérer. Ses parents étaient morts, l'un après l'autre. Sa sœur était partie avant de tomber enceinte, ce qui avait conduit Matteo à exprimer le fond de sa pensée au géniteur de l'enfant. Réaction tout à fait compréhensible, mais malheureusement, Matteo avait choisi le jour des obsèques de son père pour cette petite mise au point.

Le coup de poing donné au prince Ares d'Atilia ayant été photographié, filmé sous tous les angles par les paparazzis – et par plus d'un invité –, le conseil d'administration en avait profité pour se monter contre Matteo. Ce dernier s'était alors vu contraint de consulter une psychologue spécialiste du comportement qui détenait désormais son sort entre ses mains. Car, si le rapport de ladite psy s'avérait défavorable à Matteo, il n'était pas du tout exclu que le conseil d'administration parvienne à se débarrasser de lui.

Quant à Lauren, elle excusait son geste, cela va sans dire.

— Ça t'arrive, de ne *pas* l'excuser ? lui avait demandé sa colocataire ce matin-là, sans lever les yeux de son smartphone.

— C'est un homme important et *très* occupé, Mary.

— Comme tu ne rates jamais une occasion de le rappeler.

Si Lauren n'avait rien répliqué, c'était uniquement parce qu'elle devait partir pour l'aéroport, et qu'une bonne colocataire ne se trouvait pas si facilement. En outre, Mary, véritable obsédée des réseaux sociaux, passait la majeure partie de son temps enfermée dans sa chambre, laissant ainsi tout le reste de l'appartement à l'entière disposition de Lauren – lorsqu'elle ne se contentait pas d'y passer en coup de vent, autrement dit très rarement.

En outre, reconnut-elle en son for intérieur, elle n'avait pas protesté parce que Mary n'avait pas tort… Mais le moment était mal choisi pour ce genre d'introspection. Elle se trouvait là, en plein cœur d'une forêt étrangère et hostile, pour satisfaire les exigences de Matteo, pas pour remettre en question son dévouement envers lui.

Resserrant son étole rouge garance sur son buste, elle continua d'avancer sur ce fichu chemin qui menait dieu sait où, en faisant attention à ne pas se coincer un talon dans une ornière. D'autant qu'elle avait choisi de ravissants escarpins à bout pointu, agrémentés de strass sur le dessus. Et pas du tout appropriés pour ce genre d'expédition, ce qui rendait la chose encore plus désagréable que prévu.

Lauren foudroya ses pieds du regard, resserra à nouveau son étole sur sa poitrine en se laissant aller à des réflexions peu aimables au sujet de son patron – réflexions qu'elle n'aurait jamais exprimées à voix haute, évidemment –, et poursuivit sa progression laborieuse.

Le bon Dominik James n'avait pas été facile à dénicher. En dehors des quelques détails fournis par la mère de Matteo dans son testament, elle ne disposait de quasiment aucune information. Aussi avait-elle commencé par aller voir le notaire d'Alexandrina, vieil homme à l'air rusé plus accoutumé à gérer les affaires d'aristocrates et de célébrités qu'à devoir répondre aux questions de vulgaires employés. Après l'avoir dévisagée par-dessus ses lunettes baissées sur le bout du nez, il avait déclaré que s'il avait été en possession d'autres informations pertinentes sur le sujet il les aurait jointes au testament de sa cliente.

Lauren ne l'avait pas cru, mais il n'aurait servi à rien d'insister. Aussi s'était-elle lancée dans des recherches frénétiques tandis que, conscient que l'avenir de Combe Industries en dépendait, Matteo se concentrait sur ses séances avec sa psy.

En fait, la réalité était d'une simplicité presque déprimante. Alexandrina, héritière de la fortune colossale des San Giacomo et connue dans le monde entier comme *une pauvre petite fille riche*, s'était retrouvée enceinte à quinze ans à peine, après une brève aventure avec un homme plus âgé et n'appartenant pas du tout à son milieu, et qu'elle n'aurait jamais dû rencontrer. Lorsque sa famille avait découvert la grossesse, à un stade avancé et par conséquent impossible à dissimuler, Alexandrina avait été envoyée dans un établissement scolaire bien plus sévère que celui qu'elle avait fréquenté jusqu'à présent.

Elle avait seize ans à la naissance de son enfant, lequel avait aussitôt été confié aux bons soins de l'Église, tandis qu'elle-même retournait à son ancienne vie de petite fille riche et adulée, comme si rien ne s'était passé depuis le moment où elle l'avait quittée. Et apparemment, Alexandrina n'avait jamais fait mention de son premier fils avant de rédiger son testament.

À mon premier-né, Dominik James, qui m'a été enlevé alors que je n'étais encore moi-même qu'une enfant, je laisse un tiers de ma fortune et de mes biens matériels.

Le nom de cet enfant constituait en lui-même un indice, James étant la version anglaise de Giacomo. Lauren avait donc répertorié tous les Dominik James dont l'âge correspondait à celui du fils disparu, jusqu'à ce que la liste ne se réduise plus qu'à deux individus. Le premier ayant été vite écarté après vérification de son profil sur un site de généalogie, il n'en restait plus qu'un.

Le Dominik James en question avait grandi en Italie dans une succession d'orphelinats catholiques, avant de s'enfuir en Espagne. Il y avait passé son adolescence, se déplaçant de lieu en lieu à la façon d'un nomade. Âgé d'une vingtaine d'années, il était revenu en Italie et s'était engagé dans l'armée, puis avait disparu après l'avoir quittée. Il était réapparu par la suite dans une université, y avait étudié pendant un certain temps, avant de disparaître à nouveau.

Il avait fallu pas mal d'investigations supplémentaires pour retrouver sa trace et le localiser au fin fond de cette forêt hongroise. Après que Lauren eut achevé ses fastidieuses recherches, Matteo lui avait confirmé que le mot Hongrie avait été noté à la main par son père sur l'exemplaire du testament d'Alexandrina.

« Oui, c'est cela – la Hongrie est mentionnée sur sa copie du testament ! », s'était exclamé Matteo en souriant gaiement.

Gaiement, car à aucun moment il ne lui était venu à l'esprit que cette précieuse information aurait pu servir à Lauren, et lui épargner une somme considérable de travail.

Elle ne le lui avait pas dit, bien sûr. Elle l'avait remercié.

Resserrant une fois de plus son étole sur sa poitrine, elle contempla les bois qui l'entouraient de toutes parts, tel un décor de conte de fées. Des ombres immenses surgissaient de temps en temps, faisant naître en elle des sensations… bizarres.

Dieu merci, elle ne croyait pas aux contes de fées.

Lauren repensa soudain à la réaction de l'aubergiste en apprenant qu'elle cherchait Dominik James.

« Je vous souhaite bonne chance ! s'était-il esclaffé. Les types comme lui souhaitent qu'on leur fiche la paix, mademoiselle, alors à votre place, je le laisserais tranquille. Sinon, vous vous exposez à de mauvaises surprises. »

Il en fallait plus pour décourager Lauren. En fait, elle se sentait prête à faire face à *toutes* les surprises possibles. Forte de cette résolution, elle continua bravement son chemin, environnée d'arbres immenses à l'air menaçant et dont l'abondante frondaison bloquait les rayons du soleil.

À présent, elle comprenait mieux ce que l'aubergiste avait voulu dire… Au même instant, un craquement la fit sursauter. Des oiseaux s'agitèrent sur des branches au-dessus de sa tête. Comme s'ils la surveillaient, la guettaient.

Lauren haussa les épaules en se traitant d'idiote, puis amorça un nouveau tournant du chemin, avant d'écarquiller les yeux, croyant tout d'abord avoir affaire à un mirage. Mais non, elle ne rêvait pas. Il y avait bien une maison-nette en bois au milieu de la petite clairière dissimulée derrière les arbres.

Ralentissant le pas, elle se rapprocha, en proie à une nervosité grandissante. Ce qui était ridicule. Lauren s'arrêta et fronça les sourcils. La maisonnette était assez rustique, mais pas dénuée de charme, avec ses murs constitués de poutres intriquées de manière régulière. De la fumée blanche montait de la cheminée, et il n'y avait absolument aucune raison qu'une citadine comme Lauren sente quelque chose frémir en elle à cette vue. Elle avait presque l'impression d'avoir passé toute sa vie à errer sans le savoir dans une forêt de briques et de béton, à la recherche d'un petit cottage accueillant semblable à celui qu'elle avait devant les yeux.

De plus en plus ridicule...

Lauren se posa la main sur la poitrine, comme si cela pouvait apaiser la chose qui continuait d'y frémir. Elle ne croyait pas aux contes de fées, mais elle en avait lu. Et rien de bon ne sortait jamais des mignonnes petites maisons perdues au fin fond de forêts sombres menaçantes. Quelle était cette histoire, déjà ? Elle se souvint de sorcières au rire sinistre, de loups montrant les crocs...

Tout à coup, elle se rendit compte que sous l'auvent surmontant la porte ce qu'elle avait pris pour une ombre était en réalité un homme.

Et qu'il la regardait fixement.

Son cœur fit un bond étrange sous sa paume. Lauren eut la sensation curieuse de tomber dans un précipice. Décidément, elle avait des réactions bizarres, ce qui ne lui ressemblait pas du tout.

— Monsieur Dominik James ? demanda-t-elle en laissant retomber son bras.

Elle avait posé la question d'un ton professionnel et neutre, alors qu'en réalité elle sentait la nervosité se muer en panique. Nouvelle réaction des plus incongrues.

Immobile entre deux arbres, elle attendit, tandis que son cœur continuait ses petites cabrioles stupides.

La haute silhouette se détacha de la porte et apparut dans la lumière du soleil inondant la clairière. Le cœur de Lauren s'emballa.

Il était grand. Bien trop grand, avec des épaules impressionnantes qui donnaient envie de... de faire des choses auxquelles elle refusait de penser. Il avait les cheveux brun foncé et épais, trop longs sur la nuque au goût de Lauren, mais qui faisaient ressortir la mâchoire volontaire. La bouche ne souriait pas, mais le dessin des lèvres dénotait une sensualité qui la fit tressaillir au plus profond de son être. Il était vêtu simplement, d'une chemise à manches longues lui moulant le torse et d'un jean délavé mettant beaucoup trop en valeur ses cuisses musclées. Quant aux boots de cuir noir, ils avaient de toute évidence été choisis pour leur côté pratique et non pour leur esthétique.

Mais le plus stupéfiant, le plus troublant, c'étaient les yeux. Du même gris que ceux de Matteo. Et d'Alexandrina.

Lauren se força à avancer vers lui.

— Je me présente, reprit-elle du même ton professionnel. Lauren Clarke, assistante personnelle de Matteo Combe, P-DG de Combe Industries. Au cas où vous l'ignoreriez, il est par ailleurs le fils de la regrettée Alexandrina San Giacomo Combe. Et j'ai de bonnes raisons de croire que celle-ci était également votre mère.

Elle avait répété son petit discours d'introduction, en avait tourné et retourné les phrases dans sa tête, elle s'était entraînée à l'auberge, devant le miroir de sa chambre. Et avait décidé d'aller droit au but, afin de régler cette affaire au plus vite.

Quant aux réactions de Dominik James, elle en avait imaginé plusieurs. Il pourrait nier l'évidence. Ou bien se mettre en colère et lui ordonner de partir. Elle s'était préparée à toutes sortes de scénarios…

Mais le frère de Matteo demeurait silencieux, tandis qu'il se dirigeait lentement vers elle, d'une démarche souple et fluide contrastant avec son physique imposant.

Lauren le regarda se rapprocher en retenant son souffle. Dans les yeux gris, elle discerna une lueur amusée et ironique.

Elle n'avait rien prévu de tel. Dans aucun scénario.

— Alexandrina San Giacomo Combe vous a désigné comme légataire, continua-t-elle avec effort. Et mon employeur tenant à honorer les dernières volontés de sa mère, il m'a envoyée ici pour vous en faire part.

Toujours en silence, Dominik James s'arrêta à un

mètre d'elle et se contenta de la regarder. Avec un flegme insoutenable, le regard gris descendit sur son corps, faisant frissonner Lauren. Comme si cet homme posait les mains sur son corps. Partout. Son buste, son ventre, ses jambes, ses pieds chaussés des ravissants escarpins totalement inappropriés…

— M. Combe est un homme fortuné et conscient de ses responsabilités, reprit-elle d'une voix moins assurée, et nettement moins autoritaire. Mais sa notoriété nous oblige à procéder avec délicatesse. Vous le comprenez, n'est-ce pas ?

Trop de détails l'assaillirent à la fois. Dominik James était rasé de frais. Et, à en juger par les cheveux encore humides, il avait pris une douche récemment. Pire, Lauren *sentait* les effluves de lavande, mêlés d'autres, plus chauds et musqués. Et incontestablement virils.

Une sorte de vertige la gagna, alors que son cœur se livrait à des pirouettes encore plus saugrenues que les précédentes.

Tout autour d'eux, la forêt semblait attendre, bruissant doucement de sons ne ressemblant en rien à ceux de la ville. Il s'agissait plutôt de murmures, de chuchotements mystérieux, se mêlant en une symphonie étrange et envoûtante.

D'où sortaient ces pensées absurdes ?

Si elle ne réagissait pas maintenant, elle risquait fort de sombrer dans le ridicule, se dit Lauren en se forçant à se ressaisir.

— Excusez-moi. Parlez-vous anglais ? J'aurais dû vous le demander plus tôt.

La bouche sensuelle remonta imperceptiblement au coin. Fascinée, Lauren le regarda franchir le peu de distance qui les séparait encore.

Son cœur s'arrêta de battre. Il allait lui poser la main sur le visage, ou la glisser dans ses cheveux, ou bien lui effleurer le cou du bout des doigts, ainsi qu'elle avait vu faire le héros d'un film romantique qu'elle avait honte d'avoir regardé.

Au lieu de cela, Dominik James saisit la bordure de son étole et la fit glisser entre ses doigts. Comme pour en apprécier la texture.

— Vous… Qu'est-ce que vous faites ? balbutia Lauren.

Cette fois, inutile de se raccrocher à son professionnalisme. Ses genoux tremblaient de façon incontrôlable, sa voix lui paraissait totalement étrangère, voilée, rauque…

— Quand une superbe blonde s'aventure dans la forêt, vêtue de rouge écarlate…

La voix mâle s'insinua en Lauren, tel un charme ensorceleur. Une voix grave, profonde et teintée d'un léger accent qui semblait résonner dans ses veines, dans tout son corps.

— … À quels dangers s'expose-t-elle, à votre avis ?

Sans attendre sa réponse, il pencha la tête et l'embrassa.

2.

Il l'embrassait.

Ce qui était aussi incroyable qu'absurde.

Il lui caressait les lèvres du bout de la langue, avec une douceur et une sensualité inouïes, l'invitant à ouvrir la bouche. À s'ouvrir à lui.

Ce que Lauren ne ferait pas, bien entendu.

Ce qu'elle finit par faire, avec un petit gémissement qui monta de sa gorge, accompagné d'un frisson délicieux.

Et lorsque soudain une langue chaude se glissa dans sa bouche, l'explora, le baiser échappa à tout contrôle.

Peut-être à cause du goût de cet homme étrange, aussi singulier qu'intense. Ou bien de l'art impossible, merveilleux, avec lequel Dominik explorait maintenant sa bouche et approfondissait le baiser.

Quand il écarta le visage du sien, Lauren se rendit compte qu'elle tremblait de la tête aux pieds. De colère, évidemment.

— Vous ne pouvez pas… *embrasser* les gens comme ça !

Le petit sourire en coin s'agrandit.

— Je m'en souviendrai, si un autre petit chaperon rouge émerge tout à coup de ma forêt.

Lauren était dans un état d'agitation insensée. Elle avait trop chaud aux joues, et la chaleur semblait se propager partout en elle, la faire fondre. Quant à cette sensation incontrôlable, là, entre ses cuisses..., elle avait quelque chose de honteux.

— Je ne suis pas un personnage de conte de fées, rétorqua-t-elle en redressant le menton. Ces histoires à dormir debout ne m'intéressent absolument pas !

— C'est vraiment dommage. Les contes de fées regorgent de tentations de toutes sortes, de fantasmes, de créatures ténébreuses et envoûtantes...

— Je ne doute pas que pour certains ce type de chimères présente un attrait irrésistible, surtout ceux qui ne passent pas la majeure partie de leur temps à travailler. Pour ma part, j'ai des préoccupations beaucoup moins puériles.

— Parce qu'obéir aux ordres d'un patron, c'est une preuve de maturité, je présume ?

Cette fois, elle eut carrément l'impression d'être bancale, ce qui ne lui arrivait *jamais*.

— Tout le monde n'a pas les moyens de vivre en autarcie dans une cabane perdue au fond des bois, répliqua-t-elle d'un ton peut-être un peu trop acerbe.

En tout cas, son attitude ne sembla pas troubler le moins du monde Dominik James. Il se contenta de continuer à la regarder, avec l'infernal petit sourire en coin, une lueur argentée pétillant au fond des yeux. Lauren la sentit rayonner en elle, au plus intime de son corps, là où elle fondait.

— L'aubergiste m'avait prévenu de votre arrivée.

Il avait à peine bougé, mais cela avait suffi à augmenter son trouble. Cet homme avait une façon de se mouvoir qui exerçait une sorte de fascination sur elle, lui donnant envie de s'appuyer contre ce corps puissant et viril, de poser les mains sur les solides épaules...

Lauren croisa résolument les bras et prit l'air le plus déterminé possible, dans le vain espoir d'apaiser les frémissements qui la parcouraient de part en part.

— Vous êtes venue pour rien, poursuivit-il. Je ne veux rien avoir affaire avec votre riche patron et, oui, je sais de qui il s'agit. Et il ne m'intéresse pas. Ni sa mère. Ni les dispositions prises par celle-ci à mon égard. Je me fiche éperdument de ces gens qui possèdent des fortunes scandaleuses et je les aurais tout autant haïs si je les avais connus personnellement.

Ces paroles firent à Lauren l'effet d'une trahison, alors qu'elle n'avait aucun lien familial avec les Combe ou les San Giacomo. Le fait que Dominik James refuse ce qui lui revenait de naissance la choquait et l'irritait. Elle sentit ses lèvres tressaillir. Elle se rappela la sensation de la bouche chaude et ferme sur la sienne, avec une telle intensité qu'elle faillit fermer les yeux pour refouler ce souvenir brûlant.

— Mon riche patron est votre frère, fit-elle remarquer d'un ton vif. Il ne s'agit pas d'argent mais de famille.

— Une famille fort riche, acquiesça-t-il.

La lueur argentée devint dure, métallique.

— Et qui, jusqu'à l'ouverture du testament, ne s'était jamais préoccupée de moi. Par conséquent, je me passerai sans difficulté d'une charmante réunion résultant du caprice d'une défunte.

Lorsqu'il lui prit le menton, Lauren frissonna tout entière.

— J'ai beaucoup aimé ce baiser, reprit-il en la regardant droit dans les yeux. Je n'aurais jamais soupçonné qu'une blonde aussi pimpante puisse avoir un goût d'une telle suavité.

Sur ces mots, il se détourna et repartit vers le cottage, tandis que Lauren le regardait s'éloigner en tâchant d'ignorer les battements désordonnés de son cœur. Elle maudit les larmes qui se pressaient sous ses paupières. Cela faisait une éternité qu'elle ne les avait pas laissées couler.

— Étant donné que l'aubergiste vous avait prévenu de ma venue, j'en déduis que vous m'attendiez. Vous avait-il précisé que je portais une étole rouge, vous permettant ainsi de préparer votre petite histoire de Chaperon rouge ?

C'était à son dos qu'elle s'adressait. Ce dos musclé – comme tout le reste de sa personne…

Voyant que Dominik continuait d'avancer vers la maison sans répondre, Lauren le suivit, furieuse, et consciente qu'elle aurait mieux fait de s'en abstenir. Elle se sentait trop ébranlée, trop vulnérable. Ce baiser l'avait… chamboulée complètement.

— Si je comprends bien, cela fait de vous un Grand Méchant Loup ? poursuivit-elle.

Quand il se retourna, son regard parut plus sombre tandis qu'il le laissait errer à nouveau sur le corps de Lauren.

— Dans les forêts hongroises, on trouve toutes sortes de loups. « Grand et méchant » est une description aussi bonne qu'une autre.

— Pourquoi ?

Elle s'arrêta et se posa les mains sur les hanches, son geste écartant les pans de l'étole. Elle se détesta de jubiler en voyant les yeux gris s'arrêter sur la chaîne en or reposant sur sa gorge, visible dans l'échancrure du chemisier en soie.

Ses seins s'alourdirent, leurs pointes se durcirent. À cause de la fraîcheur de l'air, pas de la chaleur du regard de Dominik.

Depuis des années, Lauren portait des chaussures ultra-féminines pour se rappeler qu'elle était une femme, et dans l'espoir qu'un jour Matteo la verrait enfin comme telle. Ce jour n'était jamais arrivé et n'arriverait jamais.

Or, face à cet homme, elle se sentait féminine de la tête aux pieds. Et ses chaussures n'y étaient pour rien.

— Vous voulez savoir pourquoi je vous ai embrassée ?

Un lent sourire se dessina sur ses lèvres.

— Parce que j'en avais envie, tout simplement.

— Ou peut-être plutôt parce que vous êtes un porc, répliqua-t-elle avec calme. Comme la plupart des hommes quand ils sentent le contrôle leur échapper.

— Un porc, ou un loup ? Il faudrait savoir, ma belle.

Relisez vos contes de fées, cela pourrait vous donner des idées. À moins que vous ne souhaitiez les explorer de façon plus… concrète avec moi ?

Lauren se força à ne pas tenir compte de l'effet que le sous-entendu évident produisait sur ses sens.

— Je ne suis pas surprise qu'un ermite vivant au fond des bois ait tout le loisir de trouver de la perversité dans de banals contes de fées, monsieur James, mais je ne…

— Appelez-moi Dominik, l'interrompit-il en souriant.

Mais elle ne s'y trompa pas, il n'y avait rien d'aimable dans ce sourire.

— Pour moi, *M. James* se réfère à mon père, que je n'ai hélas jamais eu le plaisir de rencontrer, poursuivit-il.

— J'ai bien compris votre petit jeu de pouvoir, répliqua Lauren à la hâte.

Histoire de reprendre ses esprits.

— Vous m'avez remise à ma place, très bien, continua-t-elle. Ce que j'aimerais, maintenant, c'est partir d'ici et aller dire à mon employeur qu'il ferait mieux de vous laisser à votre solitude et à vos interprétations douteuses des contes de fées. Mais malheureusement, je ne le peux pas.

— Et pourquoi ?

— Parce qu'en dépit du fait que vous viviez dans les bois comme un sauvage, j'ai pu vous retrouver, ce qui signifie que d'autres y parviendront également. Et *eux* n'hésiteront pas à déployer les grands moyens, croyez-moi. Vous serez assiégé par des hordes de paparazzis. Et votre chère solitude se transformera vite en enfer.

Elle sourit. Jusqu'aux oreilles.

— Ce n'est qu'une question de temps.

— J'ai passé toute mon enfance à attendre que l'on vienne me chercher, dit-il après un long silence à peine supportable. Mais personne n'est jamais venu. Alors, pardonnez-moi mais je ne vois pas pourquoi tous ces gens s'intéresseraient soudain à mon humble personne.

— Enfant, vous représentiez *une erreur illégitime*, répliqua Lauren en durcissant délibérément la voix. C'est ainsi que le père d'Alexandrina vous avait catalogué. Mais cette description n'a plus cours. Vous êtes désormais l'héritier que vous auriez toujours dû être. Ce qui fait de vous un homme très riche, monsieur James. Et le descendant d'une longue lignée illustre.

— Vous vous trompez complètement, repartit-il de cette même voix douce qui faisait tressaillir Lauren. Je suis un orphelin. Un ancien soldat. Et dorénavant, un homme qui préfère sa propre compagnie à celle d'autrui. Alors, à votre place, je me dépêcherais de repartir et d'aller en informer l'homme riche et puissant qui vous tient en laisse.

Si se voir réduite au rang d'animal domestique tenu en laisse par Matteo pouvait la protéger de cet homme des bois, elle n'y voyait aucun inconvénient, au contraire. Mais elle avait une mission à accomplir.

— Désolée de vous décevoir, monsieur James, mais je ne le peux pas, hélas.

— À mon tour de vous décevoir. Je vous ai donné ma réponse et je ne changerai pas d'avis.

Il le pensait, comprit Lauren. Il allait rentrer dans ce cottage perdu au milieu de nulle part et faire comme si de rien n'était. Comme si personne n'était venu lui dire qu'il était un riche héritier.

Une émotion dérangeante la traversa à cette pensée. Qu'elle éradiqua aussitôt.

Parce que, à la place de Dominik, elle n'aurait pas dédaigné l'héritage des San Giacomo et tout ce qui allait avec. Même si elle avait été ignorée complètement par sa famille depuis sa naissance. Ç'aurait toujours été mieux que la morne réalité. Sa mère et son père s'étaient en effet remariés chacun de leur côté et avaient créé chacun une nouvelle famille qu'ils avaient aimée, considérant probablement leur première fille comme une erreur de parcours, ou le symbole d'une mauvaise décision prise ensemble.

Par la suite, Lauren avait été ballottée entre eux avec mauvaise grâce et une absence totale d'affection, jusqu'à ce qu'elle soit en âge de déclarer que ce manège avait assez duré. La triste vérité, c'était qu'elle avait espéré que l'un des deux protesterait. Ou ferait au moins semblant de protester. Or ni l'un ni l'autre n'avait émis la moindre objection.

— La plupart des gens seraient enchantés d'apprendre ce genre de nouvelle, dit-elle d'un ton détaché. C'est un peu comme gagner au loto, non ? Un beau jour, vous découvrez que vous êtes quelqu'un de complètement différent de celui que vous croyiez être.

— Je sais exactement qui je suis, décréta-t-il d'une voix dure. Je n'ai pas ménagé mes efforts pour le devenir. Et je n'ai pas l'intention de me renier à cause de la culpabilité d'une morte, fût-elle ma génitrice.

— Mais je…

— Je sais qui sont les San Giacomo, coupa-t-il brutalement. J'ai grandi en Italie dans leur ombre et je ne veux pas en faire partie. Dites-le à votre patron.

— Il me renverra aussitôt ici. Et si vous persistez à refuser, il finira par venir lui-même. C'est ce que vous voulez ? Avoir l'occasion de lui dire en face que vous ne voulez pas de ce qu'il vous offre ?

Dominik la regarda en silence.

— S'agit-il de m'offrir quelque chose ? Ou de me restituer un droit qui m'appartenait de naissance mais que l'on m'a empêché de revendiquer ?

— Dans ce cas, pourquoi vous obstiner à le refuser maintenant, ce droit ?

Il éclata de rire. D'un rire presque silencieux qui se transforma rapidement en sourire crispé, donnant envie à Lauren de voir Dominik lui adresser un *vrai* sourire.

Décidément, elle ne se reconnaissait plus…

— Ce que je ne comprends pas, c'est votre zèle. Je sais que vous avez dû entreprendre des recherches fastidieuses pour me retrouver. Cela vous a pris des semaines, mais vous ne vous êtes pas découragée. Et si au cours de votre petite enquête, l'idée vous a traversée que je pourrais ne pas désirer être retrouvé, vous n'y avez pas accordé la moindre attention. Et vous débarquez maintenant chez moi sans y avoir été invitée.

— Si vous saviez que je vous recherchais… pourquoi ne pas vous être manifesté ?

— Personne ne s'isole au fin fond d'une forêt de Hongrie s'il souhaite avoir des visites. Surtout des visites surprises.

Le sourire devint tranchant.

— Mais cela ne vous a pas arrêtée.

— Je remplis toujours les missions qui me sont confiées. Jusqu'au bout.

— S'il vous demande de sauter, vous bondissez comme un petit lièvre ?

— Je suis son assistante personnelle, monsieur James. Ce qui signifie que mon rôle consiste à effectuer de multiples tâches destinées à le seconder. C'est la nature même du poste. Pas un défaut personnel.

— Je vais vous dire ce que je sais de votre employeur, répliqua-t-il nonchalamment. C'est un homme honorable, n'est-ce pas ? Et si attaché à sa famille qu'il vous a demandé de faire tout ce chemin pour obtenir de moi que je me lie à un individu capable de donner un coup de poing en pleine figure à l'amant de sa sœur – lors des obsèques de leur père. Quel bel exemple ! Je me demande vraiment pourquoi je n'ai aucune envie de m'impliquer avec un tel individu.

Son attitude était compréhensible. Dominik en voulait à ceux qui l'avaient abandonné tout bébé. Peut-être refusait-il l'offre de Matteo parce qu'il estimait que celle-ci arrivait trop tard. Que rien n'effacerait jamais toutes ces années durant lesquelles Alexandrina n'avait jamais cherché à retrouver son premier-né.

— Je comprends votre position, dit Lauren d'un ton conciliant. Vraiment. Mais je désire toujours vous réunir avec votre famille. Que dois-je faire pour vous convaincre ?

— Vous vous aventurez dans la forêt enveloppée dans une étole écarlate, commença-t-il lentement. Puis vous vous laissez embrasser par le Grand Méchant Loup. Et maintenant, vous lui faites une proposition ouverte ? Vous n'avez pas froid aux yeux…

Un violent frisson la parcourut. Alors que ces provocations ridicules auraient dû la laisser de marbre. Elle en avait plus qu'assez de ces petits jeux stupides.

Mais les bois les entouraient de toutes parts. La brise chuchotait dans les branches et le village était loin, très loin de cette clairière.

Et Dominik l'avait *déjà* embrassée.

Alors, à quoi jouait-elle de son côté ? se demanda soudain Lauren avec un nouveau frisson, glacé et brûlant à la fois.

Face à cet homme mystérieux, elle avait l'impression de ne plus savoir qui elle était. Il lui semblait tout à coup que son corps appartenait à une autre. Que son cerveau ne fonctionnait plus comme avant. Et tout cela lui déplaisait profondément.

Dominik James lui déplaisait. Mais elle ne s'en alla pas pour autant.

— L'argent ne vous intéresse pas, sinon vous auriez déjà sauté sur l'occasion de mettre la main sur votre part d'héritage. Mais il doit bien y avoir un moyen de vous convaincre de revenir avec moi à Londres et de prendre votre place légitime dans la famille San Giacomo, dit-elle d'un ton détaché.

— Si vous croyez pouvoir m'attendrir en me parlant de

ma prétendue famille, vous vous trompez, se contenta-t-il de répliquer avec un haussement d'épaules.

— Vous prétendez que le pouvoir ne vous intéresse pas, mais vous ne vous privez pas d'en user pour faire le contraire de ce que l'on vous demande.

Peut-être n'aurait-elle pas dû dire cela, songea Lauren en voyant Dominik plisser les yeux.

Après l'avoir contemplée un long moment en silence, il sourit. Lentement. Et l'expression qui empreignit alors les traits virils était si sauvage, si impérieuse, que Lauren le dévisagea en retenant son souffle, tandis que son cœur lui martelait les côtes et qu'une chaleur dévoratrice l'envahissait.

— Vous avez tout compris, ma belle, dit-il d'une voix suave. Entrez, je vous en prie, installez-vous près du feu – et convainquez-moi.

3.

Dominik avait passé des années à chercher sa place. Les religieuses lui avaient dit qu'il était orphelin et il l'avait cru. Au début. À ses yeux d'enfant, cela expliquait sa situation.

Mais à dix ans, la plus méchante lui avait fait découvrir une tout autre réalité, après l'avoir surpris en train de se livrer à une filouterie quelconque.

« Ta mère t'a abandonné, avait-elle déclaré sournoisement. Et elle a eu bien raison ! Qui voudrait s'encombrer d'un sale gosse comme toi ? »

Pendant les dix années suivantes, il avait saisi toutes les occasions de prouver que sa mère, qui qu'elle soit, avait eu parfaitement raison de se débarrasser de lui. Après s'être enfui de l'orphelinat, il était allé en Espagne où il avait vécu à la dure, se débrouillant comme il pouvait pour survivre. C'était toujours mieux que ce qu'il avait vécu chez les religieuses, aussi s'estimait-il heureux.

Un jour, il avait fini par retourner en Italie et s'était engagé dans l'armée, davantage pour se punir que par patriotisme. Il espérait être envoyé dans une zone de conflit à hauts risques, et mourir au service de sa patrie plutôt qu'en cédant à ses tendances autodestructrices. Au lieu de cela, il avait découvert la discipline, le respect, et s'était trouvé une place dans le monde. En outre, il y avait acquis les outils lui permettant de mériter cette place.

Il avait donné dix ans de sa vie à son pays. Une fois désengagé de ses obligations militaires, il avait mis à profit ce qu'il avait appris à l'armée, mais dans le privé. Il y avait consacré toute son énergie, tout son temps. Ensuite, il avait vendu la compagnie de sécurité qu'il avait créée à partir de rien. Pour une coquette somme.

Livré à lui-même, Dominik avait décidé de s'occuper de son éducation et de son développement personnel. Là non plus, il n'avait pas ménagé ses efforts, déterminé à gérer sa fortune de la façon qui lui conviendrait le mieux.

Il n'avait que faire de l'argent de sa famille. Il en avait suffisamment de son côté. L'entreprise de sécurité informatique créée presque par hasard avait fait de lui un homme très riche. En la vendant, il était devenu milliardaire. Et fort de ces capitaux, il s'était employé à développer son influence financière au gré de ses envies.

En fait, il aimait se faire passer pour un ermite parce qu'il en avait les moyens. Et aussi parce que dans sa forêt il se sentait isolé du reste du monde qui l'avait toujours traité avec indifférence, même après qu'il s'y fut taillé une place.

Désormais, Dominik préférait la fraîcheur de l'ombre et la compagnie sereine des arbres. Il savourait sa solitude. Rien de plus radieux que la lumière du soleil filtrant à travers les branches, et le merveilleux silence, loin de l'agitation et de la fureur des villes…

Alors pas étonnant que l'apparition d'une blonde ravissante aux yeux caramel et au goût de nectar… le rende affamé et brûlant. Tel qu'il avait été autrefois et n'avait jamais pensé le redevenir.

Il aurait dû la renvoyer sur-le-champ. Au lieu de quoi, il venait de l'inviter à s'asseoir au coin du feu.

Lorsqu'elle eut franchi le seuil, ses absurdes talons aiguilles claquèrent sur le plancher, tandis que Dominik contemplait le balancement régulier des hanches délicieusement féminines. Il ne pouvait en détacher les yeux, c'était plus fort que lui.

Il avait commis une erreur *colossale* en l'invitant à entrer.

Après avoir goûté à cette bouche exquise, il brûlait non seulement de renouveler l'expérience, mais de goûter Lauren Clarke tout entière. D'embrasser la nuque vulnérable, le cou gracieux. De refermer les mains sur les seins dont il devinait la perfection sous le chemisier de soie fine. D'enfouir le visage entre des cuisses à la peau douce, avant de se perdre totalement dans sa chaleur de femme.

Il la regarda s'avancer, le dos et les épaules raides, comme si elle redoutait de voir un monstre surgir d'un coin obscur et se jeter sur elle. Or il avait conçu sa maison pour en faire avant tout un endroit accueillant. Chaleureux et confortable. Dominik s'y sentait bien. Chez lui.

C'était le refuge qu'il n'avait jamais eu enfant. Alors, pourquoi laisser cette femme troubler sa solitude ? Il l'y avait même invitée… Alors que jusqu'à présent il n'avait accordé ce privilège à personne.

— Je suis très surprise, dit-elle soudain.

Elle baissa les yeux sur l'épais tapis, les fauteuils en cuir placés devant la cheminée.

— Je m'attendais à quelque chose de plus… rustique.

— Évidemment.

— Je ne voulais pas vous offenser. Mais je n'aurais jamais imaginé qu'un ermite puisse vivre dans un intérieur aussi cosy, je l'avoue.

— Je regrette déjà de vous avoir invitée à entrer, murmura Dominik.

Du temps où il gérait une entreprise florissante, il avait souvent eu l'occasion de rencontrer des femmes comme elle. Il les connaissait par cœur, même s'il avait toujours veillé à garder ses distances avec elles. Les chaussures étaient révélatrices à elles seules. Hors de prix et superflues, destinées uniquement à affirmer une prétendue personnalité. À faire en sorte que tout le monde se demande comment leur propriétaire pouvait marcher avec, ou combien elle les avait payées. Ou encore à faire crever de jalousie d'éventuelles rivales.

De tels accessoires en disaient long sur Lauren. Alors qu'il s'interrogeait sur la jeune femme, il songea que son propre intérieur était révélateur, lui aussi. Qu'y découvrait-elle à son sujet ?

Dominik avait voulu de hauts plafonds pour avoir trop souvent dû se baisser à cause de sa taille. Des tapis épais parce qu'il avait trop souffert du froid. Grâce à son agencement, ce cottage paraissait deux fois plus spacieux qu'il ne l'était en réalité, parce que Dominik s'était juré de ne plus jamais vivre dans des cabanes où il ne pouvait même pas s'allonger complètement.

Dans la pièce à vivre, une cheminée de pierre occupait presque tout un mur tandis qu'à l'opposé il avait installé une cuisine pratique et bien équipée. Quant à la chambre, il l'avait conçue à sa taille. Le lit aurait pu accueillir deux gabarits comme le sien. Parce qu'il n'avait jamais oublié les lits trop petits de l'orphelinat.

— C'est vraiment très charmant, reprit-elle tout à coup. Tout en restant… masculin.

Dominik désigna l'un des profonds fauteuils en cuir. Pourquoi y en avait-il deux, puisqu'il ne recevait jamais personne ? Quand il avait imaginé l'espace parfait dont la cheminée serait l'élément central, il avait toujours vu deux fauteuils en cuir comme ceux-là.

Comme Lauren s'installait dans l'un d'entre eux, il fut traversé par la sensation très étrange qu'il avait… prévu ce moment. Presque comme si le fauteuil l'avait attendue.

Il chassa cette pensée absurde – et fort déplaisante – en se traitant d'imbécile. Puis il alla s'installer dans le second fauteuil, étendit ses longues jambes devant lui, dans l'espace le séparant de Lauren. La voyant déglutir, il songea qu'il aurait pu lui offrir un verre. Et n'en fit rien.

— Je croyais que vous vouliez me convaincre de répondre à votre sommation, dit-il au bout d'un certain temps.

Entre eux, l'atmosphère sembla s'épaissir. S'alourdir, vibrer de sous-entendus, de promesses. Dominik ne voulait ni des uns ni des autres.

— Les choses se passent peut-être différemment dans votre milieu, poursuivit-il. Mais personnellement, je ne commencerais pas une tentative de persuasion en insultant la personne que je cherche à convaincre.

Elle le regarda en battant des cils, puis ôta son étole et la plia avec soin avant de la poser sur ses genoux, tandis que Dominik contemplait le buste recouvert de soie ivoire.

Sans se presser, il caressa du regard les seins dont il devinait le galbe ferme sous l'étoffe. À la lueur du feu, les cheveux blonds prenaient des reflets dorés et, passée devant une épaule, la queue-de-cheval reposait nonchalamment sur un sein. Il s'autorisa quelques images délicieuses, se vit à genoux devant elle, découvrant la douceur de la peau, à l'intérieur des cuisses…

Dominik se contenta de s'enfoncer dans son fauteuil, posa les avant-bras sur les accoudoirs, et ignora les protestations sans équivoque de la partie la plus virile de son anatomie.

— Je ne voulais pas vous insulter, se défendit-elle, la voix un peu rauque. Je trouve ce cottage vraiment charmant, et vous avez beau vivre en ermite, vous n'êtes pas non plus totalement coupé du monde, à en juger par le confort dont vous vous entourez. Alors, que faudrait-il pour vous persuader d'y retourner ?

— Il faudrait d'abord que vous m'expliquiez pourquoi je pourrais le désirer, ou même simplement y songer.

— Une fois en possession de votre héritage, vous

auriez les moyens de construire une centaine de cottages semblables à celui-ci, par exemple. Dans toutes les forêts d'Europe.

— J'en ai déjà un et cela me suffit, répliqua-t-il avec un haussement d'épaules.

Ainsi que des propriétés un peu partout dans le monde, mais il ne le lui précisa pas.

— Vous pourriez encore l'améliorer, dit-elle d'un ton enjoué. L'équiper des technologies les plus performantes – imaginez les opportunités qui s'offriraient alors à vous !

— Je n'ai jamais prétendu vivre en autarcie, fit remarquer Dominik. Vous semblez penser que je vis à l'âge de pierre, mais détrompez-vous, j'ai accès à la modernité autant que je le désire.

— Vous pourriez vous offrir *tout* ce que vous désirez.

Il la dévisagea un instant en silence.

— Tout ce que vous avez à m'offrir, c'est de l'argent. Or je vous l'ai déjà dit, j'en ai suffisamment. Mais votre insistance en dit long sur vous. Mon cher frère ne vous paierait-il pas à votre juste valeur ?

Un pli creusa le front lisse, elle se raidit.

— M. Combe s'est toujours montré très généreux envers moi.

— Cela ne me dit pas si votre salaire est à la hauteur de vos mérites. À combien estimez-vous le type de loyauté qui conduit une citadine comme vous à sortir de son univers protégé pour s'aventurer dans la forêt vierge, et à pénétrer dans la tanière d'un dangereux étranger ?

— Je ne vois pas en quoi le montant de mon salaire vous concerne.

— Si vous n'étiez pas venue jusqu'à ma porte, je ne m'en serais jamais soucié, en effet. Pourquoi ne pas me dire la vraie raison de cette petite visite impromptue ?

De roses, les joues devinrent cramoisies. Le petit pli se creusa davantage. La raideur se mua en rigidité.

— Je vous l'ai déjà donnée, monsieur James.

— Le patron de l'auberge vous a certainement informée que je me rendais au village au moins une fois par semaine pour m'approvisionner. Vous auriez pu m'attendre là-bas. Vous n'aviez pas besoin de traverser la forêt pour me trouver, surtout avec ces chaussures.

Une expression suffisante se lut sur les traits fins. Apparemment, il avait raté le test.

— Inutile de vous préoccuper de mes chaussures, rétorqua-t-elle en croisant les jambes.

Afin d'attirer son attention sur les chaussures en question.

— Je les trouve très confortables, figurez-vous.

— Que ce soit le cas, ou que vous vouliez que je le croie, cela n'implique pas pour autant qu'elles le soient. Et cela ne les rend certes pas plus adaptées au genre de chemin qui mène jusqu'ici.

Elle le foudroya du regard. De toute évidence, elle tenait de nouveau à lui montrer qu'elle lui était supérieure.

Ce que Dominik trouva très amusant… et excitant.

— D'après mon expérience, ceux qui se préoccupent de mes choix vestimentaires – notamment de ma manière de me chausser – le font parce que c'est pour eux le seul moyen d'ignorer ce que j'ai à leur dire, décréta-t-elle. Concentrons-nous sur mes chaussures et nous pourrons en tirer toutes sortes de généralités sur le type de femme que je suis, c'est cela ? Eh bien, je vais vous confier un secret : *j'aime* les belles chaussures. C'est la seule chose qu'elles révèlent de moi.

Il sourit. Lentement. Et se réjouit de voir Lauren déglutir avec difficulté.

— Laissez-moi vous assurer que je ne suis en aucun cas dépourvu de moyens et que par ailleurs je serais ravi d'ignorer ce que vous avez à me dire, répliqua-t-il en soutenant son regard. Mais jusqu'à présent, vous ne m'avez pas dit grand-chose de convaincant. Et vous ne m'avez toujours pas expliqué pourquoi je devrais renoncer au confort de ma maison pour rejoindre une famille qui m'a ignoré toute ma vie. Ce serait commode pour eux, j'imagine. Mais vous comprendrez que cet argument n'est pas très persuasif à mes yeux.

— Je vous l'ai dit, les paparazzis…

Dominik secoua la tête.

— Je crois que nous savons tous les deux que ce n'est pas moi qui serais le plus incommodé par l'arrivée des journalistes. Je sais comment me débarrasser des intrus qui s'avisent de pénétrer dans ma propriété.

Il sourit de plus belle.

— En revanche, votre riche patron n'aimerait pas se retrouver exposé ainsi, je suppose. N'est-ce pas pour cette raison que vous êtes venue jusqu'ici, après avoir enquêté sur moi avec tant de zèle ?

— Jusqu'à tout récemment, M. Combe ignorait qu'il avait un frère, répliqua-t-elle d'une voix plus calme.

Ou plus prudente, peut-être.

— Et il a essayé de vous retrouver dès qu'il a appris votre existence.

— Je suis sans doute censé applaudir…

Elle ne soupira pas, ne roula pas des yeux, mais le sourire crispé n'en fut pas moins éloquent.

— Monsieur Combe…

— Qu'avez-vous compris, exactement, lorsque je vous ai proposé de me convaincre ? l'interrompit Dominik. Je vous ai déjà embrassée. Pensez-vous vraiment que je vous aie invitée à entrer pour que vous me fassiez la morale ?

La réaction de Lauren le prit de cours. Elle ne lui décocha aucun regard indigné ou méprisant, ne se leva pas avant de s'en aller et de disparaître de sa vie pour toujours, elle et ses fichus hauts talons.

Elle le dévisagea d'un air suffoqué. Sa suggestion ne

l'avait pas offensée, non. Ce genre de pensée ne l'avait même pas effleurée.

— Mêlez-vous le sexe à la conversation lorsque celle-ci vous ennuie ?

— Je le fais le plus souvent possible.

Quand elle éclata de rire, ce fut au tour de Dominik d'être suffoqué. Parce que son rire paraissait sincère.

— Vous perdez votre temps avec moi, dit-elle avec un sourire artificiel. Je suis désolée, mais je dois vous dire – comme je l'ai dit à tous les hommes qui croyaient pouvoir atteindre mon patron à travers moi – que je suis totalement insensible au sexe.

Ce n'était pas possible, il avait mal entendu…

— Vous pouvez répéter, s'il vous plaît ?

Sidéré, il la vit se détendre en face de lui, ce qu'il aurait cru impossible encore une minute plus tôt. Et lorsqu'elle lui sourit de nouveau, elle ressemblait à un chat repu.

— Le sexe ne m'intéresse pas. Je suis insensible à tout ce qui concerne ces choses, répéta-t-elle tranquillement.

Cependant, la vulnérabilité qu'il lisait dans les yeux de Lauren détrompait son calme apparent. Et il n'avait pas oublié la façon dont elle avait répondu au baiser, ni l'abandon dont elle avait fait preuve. Elle avait *fondu* dans ses bras.

— Pour des tas de gens, c'est une véritable obsession, je sais. La vie de certains individus est complètement régie par le sexe, mais pas la mienne. J'avoue que je n'ai jamais compris tout le raffut que l'on fait autour de cela.

Elle le pensait, elle était sincère, comprit Dominik, de plus en plus abasourdi. Elle *voulait* le croire.

— Dites-moi, vous vous rendez compte qu'un baiser est un acte sexuel, n'est-ce pas ?

— Vous n'êtes pas le premier homme que j'aie embrassé, répliqua-t-elle en plissant le nez.

Comme si elle le trouvait… benêt.

— J'ai fait mes premières expériences en la matière à l'université. Et j'ai su tout de suite que ce n'était pas pour moi.

— Vos expériences, répéta-t-il lentement. En matière de baiser.

— Oui, et j'en ai expérimenté de plusieurs sortes, sans jamais éprouver aucun plaisir. Tout le monde ne ressent pas le besoin irrépressible de s'exhiber dans le plus simple appareil et de s'agiter dans tous les sens. Non que j'y voie le moindre inconvénient, seulement certaines personnes ont des préoccupations différentes...

Il l'avait déstabilisée, comprit Dominik.

— ... Et plus importantes, précisa-t-elle.

— Par exemple ?

— Vous vous êtes moqué de mon dévouement envers mon patron, mais je prends mon travail très au sérieux. Cela requiert un engagement total. Beaucoup de concentration et d'énergie. Alors, quand je quitte mon bureau, il me serait impossible d'aller...

— Vous agiter dans tous les sens. Dans le plus simple appareil.

— Exactement.

À présent, Dominik n'avait plus le moindre doute : Lauren mentait. Et s'il ne se méprenait pas, il était fort probable que cette ravissante blonde aux yeux caramel paradant sur ses talons aiguilles soit vierge. Détail qui embrasait littéralement sa libido.

Parce qu'il l'avait embrassée, goûtée, et quoi qu'elle dise, il était certain qu'elle n'était pas restée insensible à son baiser.

— Mon Dieu, cette façon que vous avez de me regarder..., soupira-t-elle.

Elle était trop détendue, là, en face de lui, dans son fauteuil en cuir fauve. Comme chez elle. Elle croyait contrôler la conversation. Et *le* contrôler.

— Je ne comprends vraiment pas pourquoi les hommes en font une histoire de défi.

— Ah, vous ne comprenez pas ? répliqua Dominik avec un léger sourire.

— Je suis très à l'aise avec moi-même, telle que je suis, déclara-t-elle avec un petit haussement d'épaules nonchalant.

— Oui, apparemment.

Puis, prenant la même pose que Lauren, il resta silencieux et se contenta de l'observer durant un long moment, tandis que le désir rugissait en lui.

Finalement, il avait affaire à la Belle au bois dormant…

— Je vais vous dire une chose, ma belle, les gens qui sont à l'aise avec eux-mêmes parlent rarement de leur sexualité. Or curieusement, vous me cassez les oreilles avec ce sujet *intime*.

— Oh ! je vois…

Cette fois, il y avait de la pitié dans son expression, et de l'incertitude.

— Vous êtes vexé, poursuivit-elle. Vous croyez que je dis cela parce que je n'ai pas aimé votre baiser. Ne vous inquiétez pas, monsieur James. Je n'aime *aucun* baiser. Pas seulement le vôtre.

Il adora le frémissement des lèvres qu'elle ne put réprimer. Et qui en disait bien davantage que ses paroles.

— De nous deux, Lauren, c'est moi qui suis à l'aise avec moi-même. Et puis, je ne suis pas un imbécile : je sais à quel point vous avez *détesté* mon baiser, alors inutile de me raconter des histoires.

— Vraiment ? rétorqua-t-elle, le menton haut. Je connais la chanson, vous savez ? Maintenant, vous allez me faire une proposition. Ensuite, vous vous offusquerez que je la décline, alors qu'elle était si sincère et désintéressée. Vous vous efforcerez de me faire comprendre que je manquerais une occasion unique de profiter de votre savoir-faire. C'est toujours le même refrain.

— Ah ? Et si vous me racontiez ?

Elle le gratifia d'un petit geste las.

— Vous tenterez de m'embrasser, certain qu'un simple effleurement de vos lèvres expertes m'ouvrira aux joies de la chair. Cela ne fonctionnera pas, vous avez déjà échoué à m'ouvrir à quoi que ce soit, mais vous ne me croirez pas. Je vois déjà que vous ne me croyez pas.

Là, il eut droit à une petite moue dédaigneuse, accompagnée d'un imperceptible soupir... d'ennui.

— Alors, si vous voulez bien, je préférerais éviter cette éternelle rengaine. C'est barbant, à la fin.

Dominik la regarda en se frottant la mâchoire. Quand il l'avait embrassée, elle avait trouvé cela *barbant*, en effet...

— Très bien. De quoi souhaiteriez-vous parler, à présent ? demanda-t-il d'un ton neutre.

— De l'affaire qui m'a amenée ici, naturellement !

— N'êtes-vous pas venue pour me persuader de quitter ma modeste cabane perdue au fond des bois et de vous suivre dans le grand monde ?

— En effet. Il suffit que vous précisiez vos conditions.

Il n'était plus l'homme impulsif d'autrefois. Il avait tiré parti de ses expériences et avancé. Mais il y avait chez cette femme quelque chose qui lui tapait sur les nerfs. Elle continuait de le regarder avec pitié, alors qu'il n'était pas dupe. Il l'avait embrassée, bon sang ! Se mentait-elle autant à elle-même qu'elle lui mentait à lui ? Dominik l'ignorait mais une chose était certaine : il ne voyait pas pourquoi il ne profiterait pas de la situation pour s'amuser un peu.

La tentation était trop forte. Et Lauren Clarke représentait le meilleur divertissement qu'il eût connu depuis bien longtemps.

Même si, pour s'offrir cette petite parenthèse, il devait s'impliquer avec les membres de la famille qu'il avait localisée à l'époque où il était à l'armée, sans ressentir toutefois le besoin de prendre contact avec eux.

Pas question d'aller mendier des miettes d'une relation dont il s'était passé toute sa vie.

— D'accord, acquiesça-t-il tranquillement. Vous m'embrasserez chaque fois que je le souhaiterai. Voilà ma condition. Acceptez-la et je vous suivrai où vous voudrez et ferai tout ce que vous me demanderez de faire.

— Ne soyez pas ridicule.

Elle croyait à une plaisanterie. Sinon, elle se serait raidie dans son fauteuil, les joues écarlates. Or elle continuait de le contempler avec commisération, comme si elle avait affaire à un idiot.

Ce qu'il était sans doute à cet instant, d'ailleurs. Mais il ne reviendrait pas sur sa proposition.

— Vous êtes victime de votre obsession pour les contes de fées, monsieur James. Redescendez sur terre, dans la réalité, même si vous vivez dans un cottage enchanté caché au fond de la forêt.

— Sachez que je ne suis jamais ridicule, déclara Dominik d'une voix onctueuse. Lorsque je fais une promesse, je la tiens. Alors, acceptez-vous ? Vous m'embrasserez quand et comme je le voudrai. Ce n'est pas grand-chose, pour une femme insensible à tous les baisers, j'imagine ?

— Je vous ai déjà dit que je connaissais la chanson.

Plus de sourire, à présent. Elle le contemplait en fronçant les sourcils.

— Vous dites *embrasser* mais cela va toujours plus loin.

Elle soupira de nouveau, mais cette fois… elle était nerveuse. Agitée, même.

— Quoi que je fasse, on en revient toujours à la même discussion, enchaîna-t-elle. Je suis insensible au sexe. Point final.

— Fabuleux. Moi aussi je suis insensible, si cela équivaut à s'abandonner complètement.

Dominik la regarda droit dans les yeux.

— Soyons insensibles ensemble.

Elle le dévisagea en battant des cils, le froncement de sourcils s'accentua.

— Je ne crois pas que...

— Nous pouvons établir des règles, si vous voulez, l'interrompit-il en souriant. Règle numéro un, vous m'embrassez chaque fois que j'en exprime le désir. Règle numéro deux, quand vous en avez assez, vous vous arrêtez. C'est tout. Cela me suffit.

— Mais..., murmura-t-elle, l'air franchement perdu.

— En retour, je vous suivrai docilement en Angleterre et je ferai tout ce que votre cher patron désirera que je fasse. De quoi s'agira-t-il, à votre avis ? Devrai-je prêter allégeance en public ? Ou simplement me faire couper les cheveux chez son coiffeur privé, afin de ne pas détoner par rapport aux éminents membres de la famille ?

L'espace d'un instant, elle parut perplexe, comme si elle se demandait s'il pourrait jamais être transformé en homme du monde. Dominik adorait la voir ainsi, déstabilisée et ne sachant si elle devait le croire ou non. Les lèvres entrouvertes, le regard incertain.

— Je ne comprends pas pourquoi vous vous contenteriez... d'un baiser, ou de quelques baisers, alors que vous pourriez demander tout ce que vous désirez.

— Vous ne pouvez pas m'acheter, Lauren. Mais vous pouvez m'embrasser.

Une expression de doute passa sur les traits délicats.

— Combien de temps pensez-vous que cet arrangement puisse durer, monsieur James ?

— Aussi longtemps que votre M. Combe aura besoin que je reste sous le feu des projecteurs avec lui, j'imagine.

— Et vous me donnez votre parole que lorsque je voudrai arrêter vous ne protesterez pas ?

— Je suis un homme de parole, Lauren.

— Je suppose qu'ici, au milieu de nulle part, vous n'avez pas souvent l'occasion de vous offrir ce genre de plaisir. Mais pourquoi me choisir moi ?

Dominik eut du mal à ne pas répliquer qu'il n'avait aucun mal à se trouver des partenaires quand il avait envie de sexe. Que sa solitude était une retraite délibérée, pas un bannissement.

— J'ai toujours eu un faible pour le Petit Chaperon rouge…

Quant à la perspective de faire émerger la belle princesse de son long sommeil… D'éveiller ses sens endormis…

Lauren laissa échapper un long soupir qui se finit en un rire aussi bref qu'incertain.

— Très bien. J'accepte. Mais nous partirons le plus tôt possible.

— Comme vous voudrez, murmura-t-il.

Il exultait. Brûlait. Cependant, au sentiment de triomphe qui l'avait envahi et au désir qui le consumait, se mêlait une émotion plus sombre, plus intense, qu'il refusa d'identifier. Mieux valait profiter du divertissement. Dès maintenant.

— Mais avant de partir, un baiser. Comme promis.

4.

Déconcertée, Lauren le dévisagea en silence. Elle n'en revenait toujours pas qu'il se contente d'un baiser. Enfin, de *baisers* au pluriel, parce qu'il lui en faudrait plusieurs, évidemment.

Par le biais de son travail, elle avait rencontré pas mal d'hommes, aussi se considérait-elle plutôt experte en matière de mâles se croyant tout-puissants. Mais jamais elle n'avait eu affaire à un individu comme Dominik James. Il ne détenait apparemment aucun pouvoir, mais se comportait en maître du monde.

Qu'importe. Elle n'était pas là pour le comprendre. À présent, elle n'avait plus qu'à le remmener à Londres, et à recouvrer le sang-froid qu'elle sentait lui échapper de minute en minute.

— Maintenant ? Ici ? Vous voulez que je vous embrasse *maintenant* ?

Dominik était nonchalamment installé dans son fauteuil, une lueur affamée au fond de ses yeux gris, alors que le reste de son visage ne trahissait aucune émotion.

Toujours impassible, il se tapota le genou tandis qu'un sourire adoucissait *presque* le pli sévère de sa bouche.

De nouveau envahie par une étrange sensation de chaleur se répandant dans tout son corps, Lauren se leva. Elle ressentait la même impression qu'en enfilant une nouvelle paire de chaussures qui lui plaisait. Elle se sentait… dangereuse. Enfin, quelque chose d'approchant. En tout cas, elle adorait cette sensation – comme toutes les femmes, sans doute.

Si Matteo l'avait regardée comme elle regardait ses chaussures, elle aurait exulté. Mais il ne l'avait jamais fait.

Alors, pourquoi ressentait-elle ladite sensation maintenant, dans une maisonnette perdue au fond des bois ? Et pourquoi Dominik cherchait-il à anéantir son assurance ? Parce qu'il suffirait d'un baiser pour la faire fondre. Lauren le savait.

Le baiser de tout à l'heure n'avait certes ressemblé en rien à ses quelques expériences d'autrefois. Mais Dominik en voudrait vite davantage. C'était toujours la même chose. Tôt ou tard, il deviendrait de plus en plus ardent et elle de moins en moins concernée. Le même phénomène se reproduisait à chaque fois, confirmant que mieux valait *penser* au baiser que le vivre, dans sa décevante réalité.

Le moment préféré de Lauren, c'était celui où un homme la regardait et la voyait comme une femme désirable. Féminine jusqu'au bout des ongles et capable d'éprouver toutes ces choses que ressentaient les vraies femmes. Capable de désirer et d'être désirée en retour alors qu'en fait elle était incapable d'éprouver ce genre de désir.

Dominik semblait la voir comme telle. Et il l'avait déjà embrassée. Ça, c'était une bonne chose. Lauren savait à quoi elle s'était engagée. Et puis, ce baiser avait été *beaucoup* plus agréable que ceux expérimentés autrefois. Il avait été… fabuleux, reconnut-elle avant de repousser aussitôt cette pensée.

C'était l'inattendu de la situation qui la rendait aussi vulnérable, la déstabilisait. Elle n'avait pas l'habitude d'éprouver ce type de sensations, voilà tout.

— Vous ne vous en rendez peut-être pas compte, puisque embrasser un homme vous déplaît autant, mais en général, un baiser ne s'échange pas à distance, dit Dominik avec une pointe d'amusement dans la voix.

Mais Lauren y perçut une autre nuance, plus sombre. Elle ne put l'identifier mais la sentit, là où son corps paraissait vibrer depuis sa course à travers bois. Phénomène qu'elle ne comprenait pas plus que le reste.

— Vous croyez vraiment que je vais m'asseoir sur vos genoux ? demanda-t-elle, suffoquée.

— Où et quand je veux, lui rappela-t-il doucement.

Les yeux gris pétillèrent.

— Comme je le veux.

L'efficacité avait toujours été le moteur de la vie de Lauren. N'ayant jamais désiré quiconque, et manquant de l'instinct qui pousse un individu à désirer un autre individu, elle avait appris à se rendre indispensable. Elle avait choisi de devenir assistante personnelle, parce que c'était par excellence le poste où son employeur aurait constamment besoin d'elle.

Lauren aimait les défis auxquels elle se trouvait sans cesse confrontée, mais ce qu'elle aimait par-dessus tout, c'était le fait que Matteo *dépende* d'elle. Si elle ne faisait pas son travail, il ne pouvait pas faire le sien.

Par conséquent, elle devait se prêter à ce petit jeu instauré par Dominik. Parce que Matteo voulait un frère docile et prêt à se plier aux exigences des médias. Or elle avait la capacité d'accomplir ce prodige : transformer l'ermite en homme du monde. Même si une sorte d'instinct l'avertissait qu'elle se lançait dans une aventure très périlleuse.

La chaleur émanant de l'âtre où crépitait le feu lui parut soudain plus intense. Elle lui caressait le flanc, lui embrasait les joues. Lauren ne s'était jamais assise sur les genoux d'un homme, et Dominik ne lui faciliterait pas la chose, bien sûr. Il se contentait de la regarder, sans plus sourire du tout. Seule la lueur affamée brillait dans les yeux gris.

Elle se glissa entre ses jambes, fascinée par leur longueur

et la force qui s'en dégageait, puis s'assit du bout des fesses sur un genou en appuyant gauchement la main sur le torse musclé pour ne pas perdre l'équilibre.

— Vous comptez m'embrasser dans cette position ?

Le visage viril gardait son expression sévère mais Lauren était certaine que Dominik se moquait d'elle.

— Vous êtes consciente que pour embrasser quelqu'un il faut que les lèvres se rejoignent, n'est-ce pas ?

Lorsqu'il l'avait embrassée, elle s'était contentée de se laisser faire. Jamais elle n'avait pris d'initiative dans ce genre de situation. Mais pas question de le lui dire.

La chaleur provenant du feu s'accentua encore. L'atmosphère sembla s'épaissir. Les flammes paraissaient jaillir de l'âtre pour venir lui lécher la peau. Et le plus étrange, c'était que la sensation n'était pas désagréable.

Lauren se souleva légèrement et s'assit plus franchement sur une cuisse en même temps qu'elle se rapprochait du torse puissant, jusqu'à ce qu'elle estime être à la distance requise pour embrasser Dominik.

D'un mouvement à peine perceptible, il bougea et lui posa les mains sur la taille. Vu qu'il la touchait à peine, elle n'avait aucune raison de tressaillir ainsi, tout entière.

Dépassée par la multitude de sensations qui la traversaient, Lauren retint son souffle. Les doigts de Dominik lui brûlaient la peau à travers son chemisier. La chaleur virile se diffusant de la cuisse musclée se propageait en elle, la faisant trembler et fondre dans des endroits auxquels elle n'accordait d'habitude pas grande attention.

D'aussi près, elle remarqua des détails qui lui avaient échappé. Les reliefs surprenants du visage, les hautes pommettes, la ligne du nez, droite et précise. La mâchoire arrogante. Les cheveux épais, peignés négligemment en arrière et dans lesquels, étrangement, elle brûlait de glisser les doigts.

Les battements de son cœur ralentirent, tout en lui martelant la poitrine. Si fort que Dominik devait les entendre.

Lauren fouilla le regard gris sans savoir ce qu'elle y cherchait. La chaleur s'amplifia, celle du feu ainsi que l'autre, sourde, inexorable.

Lentement, prudemment, Lauren approcha sa bouche de celle de Dominik, puis appuya les lèvres sur les siennes. Durant un long moment, il n'y eut que cela : le tremblement qui l'agitait tout entière et la sensation de leurs deux bouches unies.

Très bien, c'était plus facile qu'elle ne l'avait imaginé…

Au même instant, il sourit contre sa bouche, glissa la langue entre ses lèvres, et Lauren… s'embrasa.

Une sorte de brouillard brûlant et opaque l'enveloppa. Les grandes mains chaudes de Dominik remontèrent sur son dos pour la serrer farouchement contre lui. Non seulement elle le laissa faire mais elle se rapprocha encore et laissa ses propres mains glisser sur le dos musclé, les solides épaules, avant d'enfouir les doigts dans les cheveux épais – et d'une douceur surprenante – pour les refermer sur la nuque puissante.

Quant à lui, il continuait de l'embrasser, de dévorer sa bouche. La langue experte enlaçait la sienne, avec langueur et détermination à la fois. D'instinct, Lauren répondait à chaque caresse, ivre du goût de cet homme étrange, de sa chaleur.

Une sensation inconnue naquit soudain en elle, d'une intensité inouïe, prit bientôt possession de tout son corps, puis se concentra entre ses cuisses.

Traversée par un mélange de stupéfaction et de honte, Lauren écarta ses lèvres de celles de Dominik et sentit une autre sensation l'envahir, proche du chagrin.

Durant quelques instants, elle ne fut plus consciente que de ce feu qui palpitait dans l'espace séparant leurs deux corps. Des yeux aux reflets argentés soudés aux siens. De la belle bouche sensuelle, aussi tentatrice que terrifiante. Elle eut soudain l'impression de ne plus rien comprendre. D'être complètement perdue.

— Vous aviez promis, dit-elle à grand-peine.

— Exact.

La voix rauque de Dominik la fit de nouveau trembler, au plus profond de son être.

— Et vous rompez déjà votre promesse. Vous avez…

Quand elle s'interrompit en retenant son souffle, il lui caressa les cheveux, tira doucement sur la queue-de-cheval.

— Quelle promesse ai-je rompue ? demanda-t-il lentement.

Le sourire qui se dessina sur les lèvres de Dominik l'atteignit en plein cœur.

— C'est vous qui devez me demander de m'arrêter, ma belle. Or je ne me souviens pas de vous avoir entendue prononcer un seul mot.

Abasourdie, Lauren le dévisagea en silence. Il avait raison. Non seulement elle l'avait laissé faire, mais elle avait répondu à son baiser.

Elle se leva d'un mouvement brusque. Il fallait qu'elle se ressaisisse. Qu'elle reprenne ses distances. Où était passé son professionnalisme ?

— C'est ce que nous avions convenu, non ? demanda Dominik.

L'air amusé, il la regarda se réfugier derrière son propre fauteuil au lieu de s'y rasseoir.

— Ne me dites pas que vous regrettez déjà le petit contrat que nous avons passé ensemble ?

Lauren ne croyait pas aux contes de fées. Mais, alors qu'elle dévisageait l'homme qui semblait détenir le pouvoir de l'atteindre au plus intime de son être, de la rendre étrangère à elle-même, elle songea qu'il y en avait plusieurs sortes. Ceux avec baguette magique, fées bienveillantes et princes charmants. Et d'autres versions de ces mêmes histoires, plus sombres et plus barbares. Dans celles-là, il était question de sang, de sacrifice, de bois où l'on se perd, corps et âme. De buissons épineux aux pouvoirs redoutables. De sorcières maléfiques…

Et d'hommes dangereux, tel Dominik, dont les yeux étincelaient d'un éclat sauvage.

Lauren avait ignoré tous les avertissements. La surprise de l'aubergiste en apprenant qui elle cherchait. Le chemin quasiment impraticable. La forêt impénétrable. Le cottage perdu au fond des bois.

Déterminée à prouver sa loyauté et son efficacité à Matteo qui traversait une période difficile, elle avait oublié toute prudence en se lançant dans une aventure à haut risque.

L'arrangement passé avec Dominik allait causer sa perte, elle le comprit dans sa chair. Et il était trop tard pour revenir en arrière. Un engrenage infernal s'était enclenché, qui allait la broyer.

— Je ne regrette rien, mentit Lauren en se forçant à soutenir le regard perspicace scrutant le sien. Mais il est temps de partir, à présent. Comme convenu.

Un lent sourire se dessina sur les lèvres dont elle se souvenait si bien la fermeté et la douceur, la chaleur…

— Mais bien sûr, acquiesça-t-il tranquillement. Je tiens *toujours* mes promesses, Lauren. Je vous conseille de ne pas l'oublier.

5.

Lorsque, après avoir rejoint l'aéroport à bord du 4x4 tout terrain de Dominik, ils s'avancèrent tous deux vers le jet privé qui les attendait sur la piste, Lauren réussit à se convaincre qu'elle s'était simplement… laissé emporter par un vent de folie.

C'était sa traversée de la forêt qui l'avait impressionnée, déstabilisée. Les arbres immenses l'entourant de toutes parts avaient quelque chose d'inquiétant, voire menaçant. Alors, fragilisée par cette épreuve, elle avait succombé à un égarement passager. Il n'y avait pas d'autre explication.

Une fois installée dans la luxueuse cabine, à sa place habituelle, elle laissa échapper un soupir de bien-être. Voilà, elle avait recouvré tout son sang-froid. Elle se sentait bien dans le jet de Combe Industries. Dans son élément.

Sans perdre de temps, Lauren consulta ses e-mails et informa Matteo qu'elle avait bien retrouvé son frère, et qu'elle le ramenait avec elle en Angleterre, comme il le lui avait demandé.

Grâce à ces menues tâches routinières, elle redevint complètement elle-même et prête à croire que l'étrangère qui s'était assise sur les genoux d'un ermite très viril n'avait jamais existé. Et qu'elle-même n'avait *rien* de commun avec la sauvageonne qui s'était abandonnée dans les bras de Dominik.

Des contes de fées ! À quoi avait-elle pensé ? Qu'est-ce qu'elle était allée s'imaginer ?

Arrangement ou pas, jamais plus elle ne succomberait à de telles absurdités, se promit-elle.

Mais durant tout le vol – bref, heureusement –, elle eut beau se concentrer sur son écran d'ordinateur et les e-mails urgents, elle demeura consciente de la proximité de Dominik. Du regard gris suivant ses moindres gestes.

Et, pire encore, de la chaleur que ce regard faisait renaître en elle, tel un courant inexorable et impérieux.

Au moment de l'atterrissage, Lauren se ressaisit tout à fait. Redevint *vraiment* elle-même. Calme. Compétente. Opérationnelle. La vue du tarmac acheva de la ragaillardir. Du béton. Enfin. Des bâtiments en briques.

Ça, c'était son univers, le seul où elle se sentît chez elle.

Installé à côté d'elle à l'arrière de la voiture venue les chercher à l'aéroport privé situé en banlieue, son compagnon fit quelques réflexions sur la grisaille monotone du paysage urbain qu'ils traversaient. Elle y répondit tranquillement, sans plus ressentir aucun trouble, dieu merci. Dominik James n'était plus désormais qu'une connaissance de Matteo qu'elle était allée chercher de sa part en Hongrie.

Jusqu'au moment où il se tourna vers elle.

Aussitôt, tous ses sens furent en alerte. Subitement, elle ne put plus feindre de ne pas remarquer que le corps athlétique occupait quasiment tout l'arrière du véhicule. Les jambes étaient trop longues, les boots en cuir noir la fascinaient. Ils étaient si fonctionnels. Si masculins.

Lauren s'interdit de penser au reste du corps viril tout proche du sien. À la débauche de muscles déliés. À la force exsudant de Dominik.

Il ne s'asseyait pas comme un San Giacomo. Il leur ressemblait, mais en plus sauvage, en plus… brut. Matteo et sa sœur Pia avaient les mêmes yeux gris, et tous deux pouvaient parfois faire preuve d'impétuosité.

Mais Dominik était plus qu'impétueux. Il était… la vigueur mâle faite homme.

Et son propre corps réagissait à la proximité de ce mâle superbe. Il se consumait malgré elle.

— Que va-t-il se passer, maintenant ? demanda Dominik d'une voix paresseuse.

En réalité, il ne se souciait pas le moins du monde de ce qui l'attendait. Pour lui, tout cela n'était qu'un jeu.

Irritée par cette pensée, Lauren le dévisagea d'un air sévère.

— Qu'aimeriez-vous qu'il se passe ?

— Je suppose que votre tâche consiste à me livrer sain et sauf à ma chaleureuse et accueillante famille, répondit-il avec un sourire sardonique.

— Nous nous rendons au siège de Combe Industries, répliqua-t-elle aussi sèchement que possible. Une fois arrivés, vous et moi attendrons les instructions de M. Combe.

— Les instructions, répéta Dominik, l'air amusé. Je suis impatient de les connaître.

Lauren serra son smartphone dans sa main au point de se faire mal.

— M. Combe n'est pas en Angleterre.

Pourquoi lui donnait-elle cette information maintenant, au lieu d'attendre d'avoir rejoint le bureau, où elle se sentait le plus à l'aise ?

— Il séjourne en ce moment en Australie, à Perth. Il fait le tour des bureaux australiens de Combe Industries.

Elle ne précisa pas qu'elle s'était attendue à ce que Matteo se réjouisse d'apprendre qu'elle avait retrouvé son frère, et à le voir rentrer aussitôt à Londres pour rencontrer celui-ci. Or il ne semblait pas du tout pressé de revenir.

— Le grand chef n'est pas en Angleterre ? fit Dominik avec une ironie frisant l'insulte. Comment allons-nous faire pour exécuter ses ordres, alors ?

— M. Combe est toujours en mesure de communiquer

avec moi, en toutes circonstances et où qu'il se trouve. Ne vous inquiétez pas. Vous saurez exactement ce qu'il attend de vous.

Elle avait dit ce qu'il ne fallait pas, mais le comprit trop tard. Les yeux de Dominik étincelaient, froids et métalliques.

— Entre nous, je n'ai jamais été très doué pour satisfaire les attentes de quiconque, murmura-t-il. Je préfère faire les choses à ma façon.

— Aucun des membres de la famille San Giacomo n'a jamais procédé ainsi, déclara Lauren. Ils ont représenté autrefois l'une des forces économiques les plus puissantes de l'empire vénitien. Elle s'est peut-être affaiblie avec le temps, mais pas leurs capitaux.

— Fabuleux, murmura Dominik. Et ils ont accompli ce prodige sans jamais se salir les mains, bien sûr.

— Je ne saurais dire ce qu'ils ont fait au VIIIe siècle, évidemment. Mais vous découvrirez bientôt que Matteo Combe est un homme bon et respectable.

— Et que vous êtes toujours là pour le défendre, envers et contre tout. Il doit vraiment se montrer généreux envers vous.

L'espace d'un bref instant, Lauren le regarda en retenant son souffle.

— Que vous aimiez les attentes ou non, je crains que vous ne soyez obligé de satisfaire les siennes.

Une lueur moqueuse pétilla dans les yeux de Dominik.

— Vous croyez ?

— En ce moment, tous les regards sont braqués sur les San Giacomo, dit-elle avec calme.

— J'ai plutôt l'impression que le public s'intéresse au côté Combe de la famille, répliqua Dominik après un léger silence. Côté plus… bagarreur, si je me souviens bien ?

Lauren ne riposta pas instantanément et se le reprocha, voyant cela comme une marque de déloyauté envers Matteo.

— Je ne sais pas s'il existe un modèle quant à la façon dont un homme est censé se comporter aux obsèques de son père, répondit-elle, toujours avec calme. Surtout lorsque sa mère est décédée quelques semaines plus tôt.

— Et moi, comment le saurais-je ? repartit Dominik d'une voix plus incisive. Je n'ai jamais connu personne qui se targue de m'avoir pour fils.

Ses paroles firent à Lauren l'effet d'une gifle. Elle se sentit même rougir, comme si elle avait réellement mérité une réprimande.

— Je propose que nous reprenions cette dispute…

— Parce qu'il s'agit d'une dispute ? l'interrompit-il en riant. Vous êtes *très* sensible, dites-moi ! Personnellement, j'appellerais plutôt cela une discussion. Une discussion amicale.

— … Une fois arrivés au bureau, continua-t-elle. Quand nous appellerons M. Combe. Il sera plus en mesure que moi de répondre à vos questions.

— Fantastique.

Une lueur de défi traversa le regard de Dominik.

— Embrassez-moi.

Lauren s'était vraiment convaincue d'avoir rêvé. Elle s'était persuadée que cet arrangement absurde avait été le fruit d'une espèce d'hallucination. D'un cauchemar inspiré par l'environnement étrange dans lequel elle s'était aventurée.

— Vous plaisantez. Pas maintenant. Pas ici.

— Vais-je devoir le répéter chaque fois ? fit-il d'une voix douce. Quand, où et comme je veux. Eh bien, Lauren, vous êtes une femme de parole, ou pas ?

Il voulait qu'elle l'embrasse… Là, à l'arrière d'un véhicule de l'entreprise. En Angleterre, dans la banlieue londonienne. Alors qu'ils se dirigeaient vers le siège de Combe Industries. Autrement dit dans la vraie vie, pas dans un univers fictif de conte de fées.

Une sensation de vertige la saisit.

À présent, impossible de prétendre qu'il ne s'agissait que d'un rêve stupide et absurde. Qu'elle ne connaissait pas la Lauren Isadora Clarke qui avait embrassé cet homme avec abandon et avidité.

Dominik secoua la tête, la regarda en plissant les yeux. Comme s'il lisait dans ses pensées.

— Vous avez accepté, Lauren. Inutile de faire la sainte-nitouche.

Un petit sourire moqueur se dessina sur la bouche sensuelle.

— Je vais finir par croire que ces baisers ne vous laissent pas insensible, finalement.

Ces paroles la sortirent de sa sidération. Parce que cette sensation de vertige, d'ivresse qui lui donnait l'impression de perdre pied était due à un affaiblissement passager, forcément…

Confusément, Lauren comprit qu'elle ne devait jamais se trahir. Que Dominik ne devait jamais soupçonner qu'il était le seul à avoir éveillé en elle ces sensations inconnues.

Refoulant l'envie de fermer les yeux, elle se jeta littéralement sur lui, résolue à respecter sa promesse. Quoi qu'il arrive. De cette façon, il ne saurait jamais que sa réticence venait justement du fait qu'avec lui elle ne s'ennuyait pas comme avec les autres.

Dominik la souleva dans ses bras et l'installa à califourchon sur ses genoux, ce qui n'aida pas vraiment Lauren.

Pressée contre le torse musclé, elle sentit sa chaleur virile se propager en elle. Quant au membre ferme dressé contre son ventre…

Elle fut gagnée par une irrépressible langueur, se sentit fondre à nouveau, de la tête aux pieds.

Une fois de plus, elle se retrouvait assise sur Dominik – dans une position encore plus intime que la première fois –, prisonnière du regard argenté et des mains lui enserrant la taille.

— Inutile de mentir, ma belle, de prétendre que vous ne savez pas comment faire. Vous m'avez démontré le contraire. À moins que vous ne vous livriez à un petit jeu pervers…

— Je ne joue jamais, l'interrompit-elle d'une voix crispée.

— Il y a tant de choses que vous ne faites jamais, murmura-t-il, sardonique. Jusqu'à ce que vous vous y essayiez.

Pourquoi perdre du temps ? Elle aurait voulu lui demander de se taire, afin d'en terminer au plus vite avec cette histoire.

Sans réfléchir, Lauren leva les mains et prit le visage de Dominik entre ses paumes.

Il s'arrêta de parler. Mais malheureusement, son esprit à elle cessa lui aussi de fonctionner.

La force contenue dans la mâchoire virile la fascinait. La sensation de la peau des joues, déjà un peu rugueuse, l'émerveillait.

Une sorte de nœud se dénoua en elle, quelque chose s'ouvrit. Lentement, inexorablement, des émotions inconnues se déroulèrent, semblables à des rubans de chaleur se déployant partout en elle, dans les moindres cellules de son corps.

Lauren contempla les pommettes sculptées, la bouche au dessin volontaire et sensuel, et fut parcourue par un long tremblement qui monta du plus profond de son être.

Résistant au désir incongru de se presser encore davantage contre Dominik, elle rapprocha le visage du sien et l'embrassa.

Au départ, elle avait vaguement eu l'intention de lui donner un petit baiser du bout des lèvres, mais dès qu'elle retrouva le goût de sa bouche, elle oublia tout le reste. Un nouveau vertige la gagna, dont lui et lui seul était la cause.

Sans plus réfléchir, Lauren approfondit son baiser, comme il lui avait appris à le faire.

Durant quelques instants, plus rien d'autre n'exista que la caresse de sa langue sur la sienne. Leurs souffles mêlés, là, dans l'habitacle de la voiture qui roulait maintenant dans les rues de Londres.

Rien que cette chaleur divine qui frémissait entre eux et autour d'eux, les enveloppant tous deux, avant de se propager en Lauren jusqu'à ce que, dans un recoin de son cerveau, elle pressente qu'elle ne serait plus jamais la même.

Elle avait déjà changé. De façon irréversible.

Lauren l'embrassa, l'embrassa, et quand elle finit par écarter les lèvres des siennes et vit l'expression de Dominik, elle le dévisagea en silence, le cœur battant à tout rompre.

Dans les yeux gris, un éclat déterminé brillait, une résolution farouche qui la fit frémir tout entière.

— C'est bien, dit-il. Je vois que vous êtes capable de tenir une promesse.

— Je suis une femme de parole, répliqua-t-elle, de nouveau crispée.

Soudain, le fait d'être assise sur lui, à califourchon, de sentir le membre viril intimement pressé contre elle, fut insupportable à Lauren.

Elle appuya les mains sur le torse puissant et descendit comme elle put de son perchoir, puis se réinstalla à sa place. Dominik la laissa faire, tout en l'observant de ce regard qui semblait lire en elle.

C'était ça, le problème. Il la devinait. Et cette pensée était intolérable.

— La seule chose dont vous ayez à vous préoccuper, c'est votre rencontre imminente avec votre demi-frère, dit-elle, professionnelle.

— Parce que vous croyez que cela me préoccupe ?
fit-il en haussant un sourcil ironique.

— Je comprends que vous puissiez…

— Non, vous ne comprenez pas, coupa-t-il, péremptoire.
J'ai passé les toutes premières semaines de ma vie dans
un orphelinat, Lauren. On m'avait dit que mes parents
étaient morts. Plus tard, j'ai appris qu'ils pourraient fort
bien être vivants mais ne voulaient pas de moi – que penser
d'autre, puisque personne ne venait me chercher ? Je me
demande vraiment quel genre de réunion émouvante vous
envisagez entre moi et ma prétendue famille.

Horrifiée, Lauren constata qu'une partie d'elle-même
brûlait de se rapprocher de Dominik. De le toucher.

— Vous avez raison, je ne peux pas comprendre. En
revanche, je sais que M. Combe fera tout ce qui est en
son pouvoir pour s'assurer que la… transition se passe
sans heurt pour vous.

— Vous le connaissez fichtrement bien, votre M. Combe,
hein ?

— Je travaille pour lui depuis longtemps.

— Et avec une dévotion à toute épreuve. Et qu'a-t-il fait,
exactement, pour mériter votre soutien inconditionnel ?

Lauren replia les orteils dans ses chaussures, ce qui,
sans qu'elle puisse dire pourquoi, la rendit encore plus
vulnérable. Subitement, elle détesta se sentir aussi trans-
parente. Elle ne voulait pas être devinée ainsi. Cette simple
pensée la terrifiait.

— Je vois, reprit-il d'une voix plus sombre. Vous êtes
insensible au sexe, dites-vous, mais vous êtes amoureuse
de votre patron. Comment gérez-vous la chose, au juste ?

— Je ne suis pas…

La terreur qui l'avait saisie l'empêcha de terminer sa
phrase.

— Et jamais je ne…

Elle eut envie de baisser la vitre, pour laisser pénétrer

l'air frais et l'aspirer avidement. Mais elle ne pouvait bouger. Ses membres ne lui obéissaient plus.

— Matteo Combe est l'un des hommes les plus estimables que j'aie jamais rencontrés et j'aime travailler pour lui, c'est tout.

Jamais Lauren ne se serait dite amoureuse de Matteo. Et elle aurait encore moins nourri des fantasmes sexuels vis-à-vis de lui. Cela lui aurait paru être un sacrilège par rapport à toutes leurs années de collaboration harmonieuse.

Son seul désir avait toujours été d'être appréciée par Matteo. En tant que femme. D'être vue par lui autrement que comme un accessoire. Indispensable, certes, mais un accessoire tout de même.

— Et cet homme modèle ne peut pas se résoudre à revenir chez lui pour faire la connaissance du frère auquel, à vous entendre, il est si dévoué ? Au fond, vous vous méprenez peut-être sur l'homme que vous vénérez comme un dieu, Lauren.

— Je le connais dans la mesure où c'est nécessaire pour mon travail.

— Mais il n'a jamais posé la main sur vous, répliqua Dominik avec flegme. Je me trompe ?

Elle eut l'impression d'étouffer. Elle avait les joues en feu.

— Ne pas répondre est une forme de réponse, savez-vous ? murmura-t-il.

Au grand soulagement de Lauren, la voiture s'arrêta au bas de l'immeuble abritant le siège de Combe Industries, lui évitant ainsi de devoir chercher une réplique appropriée.

Il ne s'agissait toutefois que d'un répit, songea-t-elle en ouvrant sa portière.

Une fois sur le trottoir, elle offrit son visage à la brise tiède en fermant les yeux. Elle se retrouvait enfin en territoire familier. Chez elle.

Lauren rouvrit les yeux et savoura la sensation de bien-être qui l'envahissait – consciente que celle-ci serait de courte durée.

Parce que Dominik James détenait le pouvoir de lui faire perdre tous ses repères et qu'il en profiterait à la première occasion.

Quand, où, et comme il le voudrait.

6.

Il n'y avait aucun doute. L'homme que Dominik voyait sur l'écran vidéo était bien son frère. Même mâchoire volontaire, mêmes yeux gris. Mais les cheveux étaient plus courts, et tout, en Matteo, proclamait la richesse et une haute opinion de soi. La coupe du costume. La façon dont il *trônait* dans son fauteuil de cuir noir…

C'était la première fois que Dominik rencontrait un membre de sa famille. Enfin, si l'on pouvait parler de *rencontre*.

En dépit de la ressemblance physique, son frère était l'opposé de lui-même. À tout point de vue. Alors que lui-même avait souffert et dû lutter pour acquérir la moindre de ses possessions, il avait affaire à un individu à qui il suffisait de bouger le petit doigt pour voir accourir aussitôt une armée de personnel à son entière disposition.

Ils se dévisagèrent en silence. Durant une éternité. Là, dans le bureau de Lauren, immense espace raffiné agencé de façon à faire comprendre aux visiteurs qu'elle était un personnage très important – et la gardienne d'un bureau encore plus vaste et luxueux.

Celui de Matteo Combe, illustre P-DG de Combe Industries.

Son unique frère, pour autant que sache Dominik. Le deuxième enfant d'Alexandrina qui avait profité de tous les bons côtés de sa naissance, alors que Dominik n'en avait récolté que la honte.

Matteo Combe, le patron tant vénéré par Lauren.

Dominik le détesta d'emblée. Farouchement.

— Je t'aurais reconnu n'importe où, dit enfin Matteo.

Jamais Dominik n'aurait avoué qu'il aurait pu dire la même chose.

— Bonjour, mon frère, répliqua-t-il, non sans ironie. Quel plaisir de *presque* te rencontrer.

Peu après cette affectueuse réunion, Lauren le conduisit dans le salon d'attente, aussi luxueux et raffiné que son bureau. Jusqu'ici, il n'avait jamais beaucoup pensé à cette famille qui avait choisi d'oublier le fils gênant, et qui le réclamait maintenant parce qu'elle avait besoin de lui.

Quand il avait enquêté pour retrouver ses parents, Dominik avait rapidement appris que le jeune roturier qui avait eu l'audace d'engrosser une riche héritière avait trouvé la mort dans un accident survenu sur une plate-forme pétrolière off-shore. Il avait à peine vingt ans, et s'était fait embaucher là-bas parce qu'il n'avait pu rester en Europe et poursuivre ses études, après que sa relation avec Alexandrina avait été découverte.

Par la suite, cela avait été un jeu d'enfant de retrouver tous les Combe et San Giacomo. Comprenant que, s'ils l'avaient voulu, ils auraient pu faire la même chose de leur côté et le retrouver sans difficulté, Dominik s'était complètement désintéressé de sa soi-disant famille. Des individus honorables qui s'étaient débarrassés de lui et de son géniteur.

Sans doute devait-il s'estimer heureux d'avoir eu plus de chance que ce dernier, puisqu'il avait réussi à se sortir tout seul de la poubelle où il avait été jeté.

Le fils et la fille que sa mère avaient eus après lui, les enfants qu'elle avait bercés, couvés, choyés, n'étaient rien pour lui. À quoi bon les rencontrer pour discuter d'une banale *erreur* de jeunesse d'Alexandrina ?

Dominik s'était très bien débrouillé sans eux, à sa façon, sans l'aide de deux grandes familles fortunées et puissantes.

Mais il ne s'était pas attendu à se retrouver face à face avec un frère dont les traits étaient… identiques aux siens. Et cette réalité le troublait profondément.

Dans le bureau de Lauren, visible du salon d'attente, son respectable frère occupait toujours l'écran tandis que, debout devant celui-ci, sa zélée assistante semblait bien… lui tenir tête.

Inutile en effet de l'entendre pour comprendre qu'elle n'approuvait guère les directives de son cher M. Combe.

Et qu'elle était furieuse contre son patron.

— Il fait partie de ceux avec lesquels vous avez tenté l'expérience ? demanda-t-il quand elle le rejoignit un peu plus tard.

Cette fois, Matteo avait disparu de l'écran.

— Je ne daignerai pas répondre à cette question, fit-elle, l'air encore plus irrité.

— Bien sûr, la loyauté avant tout, répliqua-t-il, pince-sans-rire. Mais j'aimerais savoir s'il a participé à vos petites expériences commencées à l'université.

Durant quelques instants, elle réussit à afficher une expression détachée. Puis, au grand ravissement de Dominik, elle rosit.

— Certainement pas, déclara-t-elle, offusquée. Comme je vous l'ai dit, je l'admire. J'aime travailler avec lui. Et je n'ai jamais *embrassé*…

Elle s'interrompit, redressa les épaules.

Qu'avait-elle failli dire ?

— Il faut que nous discutions de choses beaucoup plus sérieuses que ces histoires stupides de baisers, monsieur James.

— J'ai toujours accordé le plus grand sérieux à la question des baisers. Voulez-vous que je vous fasse une démonstration ?

Le rose vira au rouge écarlate. La teinte changeait-elle encore de nuance en descendant sur ses seins ? Et de quelle couleur étaient ses mamelons ? Dominik aurait volontiers déchiré ce chemisier de soie fine et mené ses propres expériences.

Sans compter qu'il préférait de loin fantasmer sur le corps de Lauren plutôt que de songer à sa rencontre virtuelle avec son frère.

Dominik se voilait rarement la face. Mais il ne ressentait vraiment pas le besoin, encore moins le désir, de raviver les souvenirs de l'orphelin voué à la solitude.

— M. Combe estime que le mieux est de nous rendre directement à Combe Manor, la propriété familiale. Vous n'êtes pas un Combe, mais il pense qu'en vous emmenant dès maintenant en Italie nous risquerions d'attirer l'attention sur vous, dans l'état actuel des choses.

Dominik attendit la suite. La partie des directives, pour ne pas dire des *ordres*, qui déplaisait tant à Lauren. Elle se tenait debout à l'entrée du salon d'attente, raide et nerveuse.

— Qui pourrait bien s'intéresser à moi, d'après vous ? demanda-t-il au bout d'un moment. Étant donné que jusqu'à présent personne n'a remarqué ma ressemblance – pourtant assez frappante – avec un San Giacomo, je ne vois pas pourquoi on la remarquerait tout à coup.

— Cela se produira dès que vous vous rendrez dans l'une des propriétés des San Giacomo. Avec votre physique, tout le monde aura l'impression de se retrouver face à un fantôme resurgissant du passé.

— Comme vous avez dû le constater, je sais comment me protéger des regards curieux.

— Cette époque est révolue. Vous n'êtes pas conscient

de l'urgence de la situation, mais chaque minute compte. La nouvelle s'ébruitera d'un moment à l'autre, c'est inévitable, et une fois que les paparazzis sauront qu'Alexandrina avait un fils illégitime, ils remueront ciel et terre pour le retrouver. Nous devons nous y préparer.

— Je me sens déjà plus que prêt, dans la mesure où je m'en contrefiche.

— Avant qu'ils passent à l'attaque, il y a un certain nombre de détails à régler.

— Vous me tentez…, murmura-t-il, juste pour se faire plaisir.

Et voir les yeux couleur caramel lancer des éclairs.

— Pour commencer, nous devons vous rendre plus conforme au profil San Giacomo.

— Me proposez-vous un *relooking* – c'est bien le terme, n'est-ce pas ? Vivrais-je un vrai conte de fées, finalement ?

— Je n'emploierais certainement pas ce terme. Une nouvelle garde-robe suffira. Et une visite chez le coiffeur, naturellement.

Dominik sourit, d'un sourire rapace.

— Eh bien, dites-moi… S'agirait-il d'une nouvelle version de Cendrillon ? Ce qui ferait de vous ma princesse… charmante.

— Ne dites pas n'importe quoi. Mon rôle serait plutôt celui de la bonne fée.

— Je ne me souviens pas que Cendrillon et sa bonne fée aient jamais été liées par un baiser, dit-il d'une voix suave. Mais vos contes de fées sont peut-être plus excitants que les miens.

— Je déteste les contes de fées ! Ce sont des élucubrations fantaisistes destinées à transformer les enfants en petits êtres dociles et obéissants, et coupables de ce qui leur arrive alors qu'ils n'y sont pour rien.

Elle s'interrompit un bref instant, inspira…

— Autre chose, nous devons nous marier.

Ses paroles flottèrent entre eux, aussi claires qu'absurdes.

Le regard soudé au sien, Dominik la vit s'empourprer de nouveau.

— Excusez-moi, dit-il lentement. Toute cette agitation urbaine doit m'être montée à la tête.

Il fit mine de regarder autour de lui d'un air perplexe avant de se concentrer à nouveau sur Lauren.

— Vous venez de me demander de vous épouser ? reprit-il d'un ton détaché.

— Je ne vous le demande pas *personnellement*. Je vous informe que M. Combe pense que c'est le meilleur plan d'action à adopter. Premièrement, cela empêchera l'inévitable assaut des aventurières qui, sinon, ne manqueront pas de se précipiter à vos trousses dès qu'elles auront appris votre existence. Deuxièmement, le mariage fera de vous un individu plus civilisé et plus fréquentable, parce qu'un homme marié est toujours moins dangereux, semble-t-il, qu'un célibataire. Et troisièmement, détail le plus important, ce mariage ne sera pas réel, cela va sans dire. Nous nous contenterons des formalités indispensables et divorcerons dès que le calme sera revenu.

Dominik soutint son regard, un long moment, tandis qu'elle tâchait de garder une expression neutre. Mais sans grand succès.

— Allons, Lauren. Les hommes sont de grands sentimentaux, c'est bien connu… Il leur faut un peu de romantisme, pas un mode d'emploi. Alors, le moins que vous puissiez faire, c'est de poser un genou à terre et de m'adresser quelques mots doux.

Cette fois, elle ne tenta même pas de se contrôler.

— Je ne vous demande pas en mariage ! se récria-t-elle, cramoisie. C'est M. Combe qui…

— Dois-je épouser mon propre frère ? demanda Dominik en se posant la main sur le cœur d'un air faussement choqué. Dans quel genre de famille suis-je tombé ?

Il crut qu'elle allait exploser. Il la vit serrer les poings, probablement dans le vain espoir de se ressaisir.

— Vous avez accepté de faire tout ce que l'on vous demanderait, lui rappela-t-elle, les yeux étincelants. Ne me dites pas que vous allez rompre votre promesse maintenant. Alors que je…

Alors qu'elle l'avait embrassé, à plusieurs reprises. Mais elle n'acheva pas sa phrase. Quant à Dominik, il se contenta de la dévisager en silence.

Plus les secondes s'écoulaient, plus la nervosité de Lauren augmentait. Et plus il se délectait du spectacle.

— À quoi bon nous marier si notre union n'est pas réelle ? demanda-t-il enfin. Il faudra bien que les curieux croient à notre bonheur si vous voulez que votre petite stratégie fonctionne, non ?

En vérité, Dominik n'avait jamais beaucoup songé au mariage. Personnellement, il n'avait pas d'avis particulier sur la question, sauf que pour lui le fait que deux êtres désirent partager leurs existences relevait du bizarre, voire de la mystification.

Plus étrange encore, le fait que l'on donne le nom *d'amour* à ce genre de… commerce le dépassait complètement.

Par conséquent, la simple idée de se marier, de se lier à un autre être, aurait dû l'horrifier.

Or ce n'était pas du tout le cas. Qu'on veuille le manipuler ainsi le révoltait – parce qu'il s'agissait bien de cela –, mais pas au point de le dissuader. Ni de lui donner envie de partir sur-le-champ, comme il aurait déjà dû le faire.

De toute évidence, il était encore là parce que tout cela relevait du jeu, pour lui. Il s'agissait d'un divertissement. Qu'avait-il à faire de la réputation des San Giacomo ou de l'opinion publique ? Rien. Il s'en fichait comme d'une guigne.

Mais il aimait beaucoup la façon dont Lauren Clarke fondait et s'abandonnait contre lui. Le goût de sa bouche.

Et puis, dans les délicieux intermèdes séparant deux baisers, il s'amusait vraiment bien avec elle.

— Il s'agit de *communication*, rien de plus, insista-t-elle, de plus en plus agitée. Vous comprenez ce que cela signifie, n'est-ce pas ? Ce ne sera pas un vrai mariage. Et lorsque tout sera terminé, chacun repartira de son côté, comme si rien ne s'était passé.

— Vous paraissez remuée, Lauren, murmura Dominik.

Il la regarda se mordiller la lèvre, les poings toujours serrés, les épaules et le dos raides.

— Serait-il possible que votre cher M. Combe, ce modèle de vertu et de respectabilité, ait fini par aller trop loin et ait abusé de votre dévouement ?

— Bien sûr que non ! protesta-t-elle, indignée.

Puis elle parut se rendre compte qu'elle serrait les poings et les desserra. Ensuite, elle redressa le menton et plongea son regard dans le sien.

Pourquoi se délectait-il à la regarder ? Pourquoi trouvait-il cette femme irrésistiblement attirante ? Lui qui avait passé sa vie à résister à tout ?

— Vous l'avez peut-être déjà oublié, mais vous avez promis de faire tout ce que je vous demanderais, lança-t-elle, d'un ton presque agressif.

— Merci de me le rappeler, répliqua Dominik en souriant. Je me souviens parfaitement de mes promesses. Je suis choqué et horrifié de voir que vous avez une si piètre opinion du mariage que vous me proposez une sorte de farce destinée à duper les pauvres gens, dont vous imaginez que le regard sera suspendu à nos moindres faits et gestes.

Il secoua la tête, feignant la déception cruelle, et eut le grand plaisir de la voir crisper les mâchoires.

— J'ai du mal à croire que cela puisse vous importer de duper quiconque, répliqua-t-elle au bout de quelques instants. Surtout à propos de ce prétendu mariage.

— Je m'en fiche complètement, en effet, acquiesça-t-il

en inclinant la tête de côté. Mais quelque chose me dit que ce n'est pas votre cas.

Quand elle se raidit davantage encore, Dominik crut avoir marqué un point. Mais soudain, elle se détendit, comme pour lui montrer qu'elle demeurait parfaitement maîtresse d'elle-même.

L'instant d'après, ses joues la trahissaient, leur embrasement soudain confirmant qu'il ne s'était pas trompé.

— Je n'ai aucune opinion sur le mariage, déclara-t-elle d'une voix ferme. Je ne l'ai jamais envisagé concrètement pour moi, mais je n'ai rien contre. J'y songe rarement, en fait. Voudriez-vous me faire croire que de votre côté vous restez éveillé la nuit à fantasmer sur le vôtre, monsieur James ?

— Mais oui, acquiesça-t-il de nouveau.

À un moment ou à un autre, il faudrait qu'il se demande pourquoi, dès qu'il s'agissait de cette femme, il s'amusait autant à feindre d'être un autre que celui qu'il était vraiment.

Pour le simple plaisir de la faire sortir de ses gonds ?

— Qui d'entre nous n'a jamais rêvé de s'avancer dans l'allée centrale, dans un froufroutement de dentelle et de tulle, pour le grand plaisir de quelques vagues connaissances ?

— Moi, répondit-elle aussitôt, et avec une note de triomphe dans la voix.

— Évidemment, puisque, comme vous vous évertuez à me le répéter, vous êtes totalement insensible à tout.

— Je ne suis pas sentimentale, répliqua-t-elle, l'air très contente d'elle-même. Et je suis désolée que vous ayez du mal à l'accepter.

— Le mariage vous laisse de marbre. Comme le sexe. Les baisers, même si vous donnez l'impression du contraire quand vous embrassez ou vous laissez embrasser. Au fond, il y a un grand vide en vous, et vous n'êtes capable que d'exécuter les ordres de votre vénérable seigneur et maître. Je comprends, Lauren.

De toute évidence, ce portrait d'elle-même lui déplut. Elle fronça les sourcils et pinça les lèvres.

— Votre M. Combe a vraiment de la chance d'avoir trouvé une telle dévotion, dépourvue de tout sentiment encombrant. Vous pourriez aussi bien être une machine, finalement. Un robot programmé dans le seul but de satisfaire les demandes de son propriétaire.

Elle le foudroya du regard. Ce qui n'empêcha pas Dominik de réaliser avec stupeur qu'il ne supportait pas la pensée qu'elle puisse appartenir à un autre homme. À tout point de vue.

— J'avais sept ans au moment du divorce de mes parents, commença-t-elle d'une voix tendue. Et moins d'un an après, ils s'étaient remariés chacun de leur côté. Ce qui signifiait, comme je l'ai compris plus tard, qu'ils fréquentaient quelqu'un tous les deux bien avant que le divorce soit prononcé. En fait, ils n'étaient restés ensemble que pour éviter d'avoir à me prendre en charge seul, l'un comme l'autre.

Elle secoua la tête, sans doute pour repousser une pensée dérangeante.

— Croyez-moi, poursuivit-elle. Je sais mieux que personne que la plupart des mariages ne sont qu'une comédie. Qu'ils aient été célébrés avec des débauches de dentelle et de tulle ou non. Cela ne fait pas de moi un robot, mais une femme réaliste.

Dominik fut secoué par ces paroles. Ou plutôt par l'accent colorant la voix de Lauren, bien qu'il eût été incapable de dire pourquoi. Ou plutôt, il ne voulait pas le savoir.

— Parfait, répliqua-t-il. Vous allez d'autant plus vous amuser avec notre mariage bidon et lamentablement réaliste.

— Dois-je comprendre que vous acceptez ?

Il eut envie de chasser la fragilité de la voix de Lauren.

De tendre la main vers elle pour lui caresser la joue, jusqu'à ce que le voile assombrissant les yeux caramel disparaisse.

— Oui, j'accepte. Pour vous.

Les deux derniers mots lui avaient échappé, mais dès qu'il les eut prononcés, Dominik se maudit. Parce qu'il ne faisait jamais rien pour autrui. Personne n'était assez proche de lui pour demander une quelconque faveur. Personne n'avait jamais cherché à se rapprocher de lui.

De son côté, il gardait ses distances avec tout le monde, de manière à préserver la paix à laquelle il tenait par-dessus tout.

Aucune obligation. Aucune attente.

Mais avec Lauren… Il y avait quelque chose en elle qui le troublait, l'affectait malgré lui. Dans sa façon de lutter pour afficher une prétendue indifférence face à la suggestion scandaleuse de son patron. De feindre de la trouver *raisonnable*.

Il était trop tard pour revenir en arrière. Dominik avait accepté. Il ne pouvait pas non plus préciser que cette acceptation n'entraînait aucune forme d'obligation vis-à-vis d'une femme qu'il connaissait à peine.

Encore moins vis-à-vis du patron de celle-ci, même si cet individu lui était apparenté.

— Pour moi ? demanda Lauren en levant les yeux vers lui.

Lorsque la teinte caramel étincela de reflets dorés, Dominik sentit sa poitrine se serrer.

— Pour vous, acquiesça-t-il, conscient de s'enfoncer encore davantage.

Mais cette réalité ne l'arrêta pas. Il s'appuya la nuque au dossier du fauteuil design, allongea ses jambes au maximum et se permit un petit sourire en coin.

— Mais si vous voulez que je vous épouse, princesse, je crains que vous ne deviez vous fendre d'une demande en bonne et due forme.

Elle le regarda en battant des cils. Déglutit.

— Vous ne parlez pas sérieusement.

— Étant donné que je n'ai pas l'intention de me marier tous les jours, ce mariage devra être parfait et digne de figurer parmi mes plus beaux souvenirs.

Après avoir savouré quelques instants la vue de la merveilleuse roseur colorant les joues claires, il baissa les yeux sur le parquet ciré.

— Allez. À genoux, s'il vous plaît.

Et comme il n'était qu'un homme, Dominik ne put s'empêcher de songer à toutes les occupations auxquelles elle pourrait se livrer, une fois qu'elle serait agenouillée devant lui.

Les images et les sensations qui le traversèrent furent si évocatrices qu'il dut remuer légèrement pour dissimuler le trouble qui gagnait la partie la plus virile de son anatomie.

— Vous avez accepté l'idée d'un mariage bidon, dit-elle.

D'une voix un tantinet trop rauque pour quelqu'un d'aussi déterminé à montrer son insensibilité.

— C'est vous qui avez employé ce terme, poursuivit-elle. Il s'agira en effet de bluff, d'un coup médiatique.

— Peu importe ce que sera notre mariage. Il commence ici, maintenant. Pas de paparazzis. Ni d'employeur incapable de se bouger pour venir saluer en personne son frère disparu depuis si longtemps.

— Il ne…

— Non, inutile de le défendre, Lauren, l'interrompit Dominik. Il n'y a que deux individus qui aient besoin de savoir où et quand commence ce mariage. Vous et moi, seuls dans ces bureaux déserts. À égalité.

Elle le regarda en roulant des yeux.

— Nous pourrons certifier que je m'y suis prise dans les règles, si c'est vraiment ce que vous voulez.

— Vous direz ce que vous voudrez, mais ce que je

veux moi, c'est que vous fassiez un petit effort. Je veux une jolie demande sincère. Allez, Lauren…

Il sourit.

— Les hommes aiment être séduits, vous savez ?

Plus aucune roseur sur ses joues, à présent. Elle avait pâli, mais bientôt, tout son visage aux traits délicats s'empourpra.

— Vous ne désirez pas être séduit. Vous voulez m'humilier.

— Peu importe, répliqua-t-il en désignant le parquet du menton. Vous devez prouver votre engagement. Sinon, comment aurai-je la certitude que mon cœur est en sécurité entre vos mains ?

— Il ne s'agit pas d'une affaire de cœur, monsieur James, riposta-t-elle. Mais de limiter les dégâts. Ce qui compte, c'est l'image projetée. Les relations publiques.

— Pour vous et votre cher M. Combe, peut-être, répliqua Dominik avec un haussement d'épaules. Mais je ne suis qu'un simple ermite aux cheveux trop longs vivant dans une hutte, voyez-vous. Un type ordinaire, aux besoins ordinaires, qui ignore tout de ces subtilités.

Sans détacher un instant le regard de celui de Lauren, il se posa la main sur la poitrine d'un geste théâtral.

— Alors si vous me voulez, il faut d'abord me convaincre. À genoux, princesse.

Un soupir exaspéré lui échappa, elle alla jusqu'à lever les yeux au ciel, offrant une vision si comique que Dominik eut du mal à ne pas éclater de rire.

Elle inspira, retint son souffle, exhala. Puis, lentement, elle fit pas vers lui. Un deuxième.

Mais quand elle se glissa entre ses jambes écartées et s'arrêta, exactement là où il la voulait, Dominik n'avait plus envie de rire.

Et lorsqu'elle s'agenouilla devant lui comme il l'avait imaginé, il la regarda. Il ne pouvait faire que ça, contempler les grands yeux caramel rivés aux siens, tandis qu'elle était là, à genoux entre ses jambes.

Il dut faire un effort surhumain pour ne pas la toucher.

— Dominik James, dit-elle doucement, le regard toujours soudé au sien. Me ferez-vous l'honneur de devenir mon mari ? Temporairement ?

Dominik ne comprit pas pourquoi quelque chose se rebellait en lui contre la précision.

Au lieu de s'interroger, il s'offrit le plaisir de tendre la main et de caresser la joue à la peau soyeuse, puis attendit que les lèvres pulpeuses s'entrouvrent.

— Mais bien sûr. Avec le plus grand plaisir.

Il avait eu l'intention de prononcer ces mots d'un ton ironique. Voire cynique. Mais sa voix avait résonné d'un accent presque… tendre.

— Je ne peux rien imaginer de plus délectable que d'épouser une femme que je connais à peine, dans le seul but de rendre service à un frère que je n'ai jamais rencontré en chair et en os, et de préserver la réputation d'une famille qui m'a rejeté comme un simple déchet.

Une ombre passa dans les yeux de Lauren, qu'il interpréta comme une réponse à cette chose étrange qui frémissait en lui. Ses lèvres tressaillirent imperceptiblement. Juste assez pour lui donner envie d'y goûter à nouveau.

— Dois-je prendre cela pour un *oui*, ou un *non*, finalement ?

— C'est un *oui*, princesse.

Dominik n'aurait jamais dû se trouver là, à mille lieues de la vie qu'il s'était créée sur mesure.

Mais Lauren était entrée chez lui, s'était installée dans le fauteuil qui paraissait l'avoir toujours attendue.

Et maintenant, il ne pouvait s'empêcher de penser qu'elle continuait à s'installer avec le même naturel dans son existence, où qu'il aille.

Pensée si contraire à tout ce qu'il était, à tout ce en

quoi il croyait, que Dominik se demanda pourquoi il ne la repoussait pas et ne disparaissait pas immédiatement.

La réponse était simple : il restait parce qu'il le désirait. Autre constat qui aurait dû l'horrifier.

— C'est un *oui*, répéta-t-il d'un ton presque… solennel. Mais je crains que, comme en toutes choses, il n'y ait un prix à payer.

Une lueur d'appréhension traversa les yeux de Lauren.

— Prix que *vous* aurez à payer, précisa-t-il.

7.

Lauren eut de nouveau l'impression de perdre pied. Elle n'y comprenait plus rien. Tout s'enchaînait si vite… *Trop* vite.

Et dire que Matteo avait parlé de mariage, d'un ton désinvolte, comme s'il trouvait parfaitement normal d'épouser un quasi-inconnu, parce que cela passerait mieux aux yeux de la presse ! Leur conversation revint la tourmenter.

— *Épousez-le, dit-il, tout naturellement, de l'autre bout du monde. Vous êtes une femme honnête et travailleuse, liée à la famille depuis des années. Et tout s'est toujours bien passé, il n'y a jamais eu le moindre problème.*

— *Vous voulez dire employée par la famille.*

— *De toute évidence, vous savez le prendre en main, poursuivit Matteo, comme si elle n'avait rien dit. Faites en sorte qu'il soit à la hauteur. Et lorsque les remous causés par les résurgences du passé scandaleux de ma mère se seront apaisés, il sera devenu, grâce à vous, un homme digne de prendre sa place parmi les San Giacomo.*

— *Mon nouveau rôle sera-t-il assorti d'une prime de risque ? rétorqua Lauren.*

Jamais elle ne prenait ce ton avec Matteo, quelles que soient les circonstances.

Décidément, elle n'était plus la même.

— À moins que vous ne vous attendiez à ce que je renonce à mes conditions de vie habituelles, pour une durée illimitée, sans changement de salaire, et sans poser de question ?

Qu'est-ce qu'il lui prenait de s'adresser à son patron avec une telle audace ? Et ce n'était pas non plus dans les habitudes de Matteo de rester silencieux, une expression triste sur le visage.

Une fois encore, Lauren se demanda ce qui s'était passé entre lui et la psy embauchée par le conseil d'administration, dans une tentative évidente de le remettre à sa place. Il était parti avec elle dans le Yorkshire, où il avait été injoignable – ce qui ne se produisait jamais. Ensuite, il avait décidé de faire le tour de tous les sites de Combe Industries, autrement dit un véritable tour du monde.

— À vous de m'indiquer votre prix, Lauren, répondit-il après un assez long silence. Tout ce que je vous demande, c'est de domestiquer mon frère avant que nous ne le lâchions dans le monde. Le conseil d'administration n'apprécierait pas de voir un nouveau scandale entacher le nom de la famille. Par conséquent, mieux vaut les calmer un peu.

À l'issue de cette discussion surréaliste, Lauren avait accepté de demander à Dominik de l'épouser. Qu'aurait-elle pu faire d'autre ? Elle n'avait pas menti en disant qu'elle admirait Matteo, pour son intégrité. La preuve en était qu'en dépit de ses efforts pour qu'il la voie il ne l'avait jamais vraiment regardée. Il la traitait en assistante personnelle, pas comme une femme. C'était pour cela que Lauren se sentait en sécurité sur ses talons outrageusement féminins. Et qu'elle pouvait se consacrer entièrement à son travail. Et à Matteo.

S'il l'avait regardée, ne serait-ce qu'une fois, comme le faisait Dominik, qui la dévorait littéralement des yeux, elle n'aurait jamais pu travailler pour lui.

Convaincue qu'elle avait eu raison d'accepter de proposer le mariage à Dominik, elle avait rejoint celui-ci, certaine de le voir éclater de rire, lorsqu'elle lui aurait fait part de la suggestion de Matteo.

Mais il n'avait pas ri, ni même souri.

De toute façon, Lauren avait eu l'intention de lui présenter la chose comme une proposition d'affaires. Un partenariat, une fusion, voilà tout. Or, au lieu d'une banale transaction professionnelle, elle se retrouvait dans une posture pour le moins… personnelle. À genoux entre les longues jambes musclées, elle le regardait dans les yeux comme si elle avait été assise tranquillement en face de lui, et non dans cette position plus qu'évocatrice.

Et, à moins qu'elle n'ait mal compris, Dominik avait accepté de l'épouser. En précisant qu'elle aurait un prix à payer.

Après les baisers, qu'allait-il exiger d'elle ?

— Quel genre de prix ? s'enquit-elle avec le plus grand sérieux.

Dans le vain espoir de leur faire oublier à tous les deux qu'elle était à genoux devant lui comme une suppliante. Ou une amante. Et qu'il avait la main sur sa joue.

— J'ai déjà promis de vous embrasser, chaque fois que vous le voudrez. Que pourriez-vous désirer de plus ?

— Pensez-vous qu'il y ait des limites au désir ? répliqua-t-il tranquillement.

Et d'une voix si basse que Lauren fut parcourue par un long frisson. Elle fondait déjà, alors qu'il ne faisait que lui effleurer la joue.

— Vous parlez à nouveau de sexe.

Elle s'efforçait de prendre un ton sévère, comme si cela pourrait la débarrasser de l'insupportable chaleur qui s'était emparée d'elle.

— Comment vous faire comprendre…

— Que vous êtes insensible au sexe. Oui, je sais.

Tout doucement, il bougea le pouce et le passa sur sa lèvre. Et quand Lauren laissa échapper un petit halètement, elle eut droit au sourire moqueur désormais familier.

— *Complètement* insensible…, ajouta-t-il d'une voix rauque.

Inutile de nier. Dominik lisait en elle.

La chaleur s'accrut, et Lauren n'aurait su dire si elle aimait ou détestait se sentir consumée ainsi.

— Que voulez-vous de moi ? demanda-t-elle dans un souffle.

Le petit sourire s'agrandit. Séducteur. Irrésistible. Elle le sentit couler en elle, dans tout son corps.

— Ce que je veux, princesse, c'est une nuit de noces.

La chaleur devint infernale, presque douloureuse. Lauren avait la bouche trop sèche. Elle avait du mal à respirer.

— Vous voulez dire…

— Une vraie nuit de noces, oui. Avec tout ce que cela implique.

Comme il se penchait en avant, elle se sentit minuscule. Délicate et fragile. Précieuse. C'était stupide, absurde, mais ce fut la sensation qu'éprouva Lauren.

De sa main libre, Dominik lui caressa les cheveux, descendit sur la nuque et le cou. Elle ne fondait plus. Elle sanglotait intérieurement.

— Trouve-nous un seuil, continua-t-il d'une voix pénétrée, et tu le franchiras dans mes bras.

Il y avait quelque chose de si viril, dans les yeux gris, de si… possessif, que son cœur s'emballa.

— Je t'allongerai sur un lit et je t'embrasserai à en perdre le souffle, avant d'envisager la suite. Tout ce que je te demande, c'est de me promettre de ne pas me dire ce que tu aimes ou n'aimes pas avant d'avoir essayé. C'est tout, Lauren. Qu'as-tu à perdre ?

Elle-même. Ses fondements. Sa personnalité. Il allait tout lui prendre.

Peut-être l'avait-elle pressenti dès l'instant où elle avait vu l'ombre se transformer en homme sous l'auvent, dans la petite clairière coupée du reste du monde. Au milieu de cette forêt bruissant de mystérieux murmures.

Peut-être même son chemin l'avait-il toujours menée là. Dans la prison qu'elle sentait se refermer petit à petit autour d'elle.

Mais livrée ainsi à la chaleur des mains de Dominik et à ce tremblement qui l'agitait tout entière, Lauren ne tentait pas de se libérer.

Lorsque cette histoire insensée serait terminée, elle se demanderait sans doute pourquoi elle s'était soumise ainsi.

Si elle y survivait.

Pourquoi ne se redressait-elle pas maintenant, avant de s'éloigner de cet homme aussi ténébreux qu'attirant, aussi doux qu'impitoyable ? Elle aurait pu lui dire d'aller au diable avec son héritage et sa famille retrouvée. Appeler Matteo et lui annoncer qu'elle n'avait pas l'intention d'épouser un inconnu sur commande.

Elle aurait pu le faire. Elle *désirait* le faire.

Lauren tressaillit. Puis, agenouillée entre les cuisses de Dominik qui fouillait son regard, elle capitula.

Ce fut comme plonger du haut d'une falaise et tomber dans un gouffre sans fond. Depuis ses neuf ans, elle n'avait jamais rien fait d'aussi stupide, d'aussi téméraire. Depuis le jour où, croyant pouvoir convaincre ses parents de faire plus attention à elle, elle avait commis une erreur fatale.

Résultat : elle avait passé tout l'été en pension.

Cependant, capituler devant Dominik ne lui faisait pas le même effet. Elle n'avait pas l'impression d'avoir échoué sur des rochers durs aux arêtes tranchantes.

Elle avait au contraire l'impression de voler.

— Je consens à la nuit de noces, dit-elle d'un ton détaché.

Histoire de transformer sa reddition en générosité. Et

surtout de ne plus penser à la falaise du haut de laquelle elle venait de se jeter dans le vide.

— Mais à rien d'autre.

— Nous pouvons peut-être envisager de poursuivre ces négociations intimes après la nuit en question, répliqua Dominik.

Il y avait du rire, dans la voix grave. Elle *l'amusait*.

— Tu pourrais finir par la désirer, cette nuit de noces, princesse. Qui sait ? Peut-être même souhaiteras-tu la prolonger. Je vais sans doute te surprendre, mais je connais plus d'une femme qui serait ravie de pouvoir passer un moment dans mon lit.

Une nuit de noces. Passer un moment dans son lit. Il devait s'agir d'une farce.

Pourtant, Lauren se trouvait bel et bien à genoux sur le parquet, là, dans les bureaux de Combe Industries, et elle venait de proposer le mariage à un homme qu'elle ne connaissait que depuis le matin.

Une force traîtresse et terrifiante lui donnait envie de se rapprocher de Dominik. Décidée à lui résister, Lauren voulut se relever, mais la main posée sur sa nuque la retint prisonnière.

Ce fut comme une reddition supplémentaire. Sans réfléchir, Lauren se redressa sur ses genoux, posa les mains sur les cuisses musclées, puis renversa la tête en arrière, offrant son visage à Dominik. Se livrant tout entière à lui.

Peut-être en avait-elle assez de Lauren Isadora Clarke. De la femme insensible qu'elle était devenue.

— Pour que ce soit une vraie demande en mariage, il faut la sceller d'un baiser, dit Dominik d'une voix douce. Même une femme comme toi doit le savoir.

— Cela ne te suffit pas que je t'aie promis une nuit de noces ?

Elle ne reconnut pas sa propre voix.

— Embrasse-moi, ordonna-t-il d'une voix paresseuse. Tiens ta promesse.

Dans les yeux gris, une détermination farouche se lisait. C'était lui qui tirait les ficelles. Pas elle. Ni même Matteo.

— Maintenant, murmura-t-il. Tu ne voudrais pas me faire de la peine, princesse ?

Comme si elle détenait le pouvoir de le faire souffrir…

— Surtout que tu en meurs d'envie…, poursuivit-il, les yeux rieurs.

— Je dirais plutôt que je n'ai pas le choix.

— Menteuse.

Mon Dieu, elle devait avoir les joues cramoisies. Parce qu'il avait raison. Elle mentait. Et il le savait.

Paniquée, Lauren referma la main sur la nuque de Dominik et attira son visage vers le sien. Dès que leurs bouches s'unirent, un déluge de sensations la submergea. Elle avait presque l'habitude, à présent. Elle retrouvait, savourait, les caresses délicieuses de leurs lèvres et de leurs langues qui se goûtaient, se repoussaient, pour mieux se rejoindre et s'enlacer…

Dominik se laissant embrasser, Lauren s'enhardit à explorer la bouche au goût déjà familier, doux et épicé à la fois. Tout en tâchant de se répéter qu'elle n'aimait pas cela. Qu'elle ne voulait pas de ce baiser.

Elle se mentait à elle-même.

Une fois qu'elle l'eut reconnu, elle gémit contre la bouche de Dominik, sentit les grandes mains chaudes glisser sur son dos, et ne protesta pas. Et quand il tira le chemisier de la ceinture du pantalon, elle ne fit rien pour l'arrêter.

À présent, il avait pris le contrôle du baiser et dévorait littéralement sa bouche.

Mais lorsque la main chaude se posa sur son ventre, remonta lentement vers un sein, Lauren eut une sorte d'éblouissement. Une lumière blanche sembla imprégner tout l'espace. Son sein parut gonfler dans la paume qui se refermait sur lui, le mamelon se dressa, durci.

Et chaque fois que Dominik bougeait la main, la chaleur s'intensifiait en Lauren, sauvage, incandescente, et se répandait entre ses jambes.

De l'autre main, il lui maintenait fermement la nuque, comme pour lui montrer que c'était *lui* qui dirigeait les opérations.

Et non seulement elle l'acceptait, mais elle s'en réjouissait.

Lauren creusa les reins pour mieux s'offrir à ses divines caresses. Elle aurait voulu s'abandonner tout entière à lui. Aussi se pressa-t-elle le plus possible contre Dominik, sans savoir ce qu'elle recherchait au juste.

Quand il la repoussa soudain, avec un petit rire moqueur, elle crut mourir. Puis elle se dit que la mort aurait encore été préférable à la réalité.

Au fait qu'elle soit là, agenouillée à même le parquet du luxueux salon d'attente, les cheveux et la tenue en désordre, à contempler l'homme responsable de cette horrible confusion.

Sans doute allait-il lui répéter qu'elle était une menteuse, lui décrire en détail la façon dont il venait de le lui prouver.

Mais Dominik resta silencieux et se contenta de soutenir son regard, le sien ne trahissant aucune émotion.

Dès qu'elle fut en état de parler, Lauren dit d'un ton neutre :

— La société possède quelques appartements destinés à héberger les partenaires en affaires de M. Combe qui le souhaitent. Ici, dans l'immeuble.

Sa voix lui parut étrangère. Tel un vestige de la femme qu'elle était encore au moment où le jet privé atterrissait en Hongrie.

Lauren se releva le plus dignement possible. Pour la première fois de sa vie, elle se maudit de porter des talons aussi hauts. Impossible de se sentir d'aplomb, sur des engins pareils…

Hélas, il ne servait à rien d'incriminer ses chaussures. C'était bien plus grave que cela.

— Ah…, fit Dominik au bout d'un long moment. Des appartements aussi luxueux et impersonnels que ces bureaux, j'imagine.

Cependant, quand elle appela le responsable de la sécurité pour lui demander d'envoyer un agent pour conduire Dominik dans l'un des appartements disponibles, celui-ci ne protesta pas.

Lorsque les deux hommes quittèrent le salon, Lauren se sentit soulagée. Mais il y avait comme un vide, en elle.

Troublée, elle regagna son bureau et se laissa tomber dans son fauteuil ergonomique, puis enfouit son visage dans ses mains.

Et là, dans l'espace raffiné où elle s'était toujours sentie pleinement efficace, Lauren lâcha la bride à toutes les émotions qu'elle refusait de regarder en face, sur lesquelles elle n'aurait su mettre de nom, et laissa enfin couler les larmes qu'elle avait retenues sans même s'en rendre compte.

8.

Le lendemain matin, Lauren s'était complètement ressaisie, à tel point que les larmes de la veille semblaient avoir été versées par une autre, beaucoup plus fragile qu'elle.

Après avoir pris une douche dans la salle de bains de l'appartement de fonction qu'elle occupait régulièrement, elle enfila l'une des tenues qu'elle gardait toujours à sa disposition pour les jours où elle passait la nuit au bureau – une petite robe noire toute simple et la courte veste assortie.

Impossible toutefois de faire comme si cette nouvelle journée était semblable à toutes les autres. Lauren ne se retrouvait pas souvent avec un mariage à organiser. Le sien, de surcroît. Elle avait choisi ses talons les plus hauts afin d'être sûre de rester totalement maîtresse d'elle-même, mais aussi pour se donner du courage.

À 9 h 30 précises, sa tablette à la main, elle frappa à la porte de l'appartement où devait s'être installé Dominik. Au fond, elle s'attendait à ce qu'il ait disparu dans la nuit, pour retourner à sa solitude bénie.

Mais la porte s'ouvrit toute grande. Et il se tint devant elle, vêtu d'un seul pantalon décontracté à taille basse, dévoilant ainsi un superbe étalage de virilité… indécente.

Durant un moment interminable, Lauren ne put que le regarder en retenant son souffle.

— Espérais-tu que je me serais enfui au cours de la nuit ? demanda-t-il, la devinant une fois de plus.

Elle se força à respirer, à détacher les yeux de cette débauche de peau hâlée et de muscles parfaits.

— J'aurais pu le faire, bien sûr, mais j'en ai été empêché.

Elle le suivit tandis qu'il tournait les talons et traversait le petit hall d'entrée pour se rendre dans la cuisine bien équipée et baignée de la lumière dorée du soleil matinal.

— Tu fais allusion aux agents de sécurité ?

Après avoir contourné la table bar, il s'assit sur un haut tabouret et la regarda au-dessus d'une tasse de café à l'arôme puissant.

— Non. Au fait que je t'ai donné ma parole, Lauren.

Cette fois, elle ne se laisserait pas submerger par ces émotions absurdes qui l'avaient tant déstabilisée la veille, et empêchée de dormir une bonne partie de la nuit. Il le fallait. Même si le regard gris fouillait le sien, bien trop perspicace. Et que des étincelles brûlantes pétillaient dans son corps, et semblaient éclore sur ses joues.

— J'ai tout organisé, dit-elle après s'être éclairci la gorge. Nous nous marions dans une heure.

L'expression de Dominik ne changea pas. Et pourtant, elle eut la nette impression qu'il se moquait d'elle.

— Et moi qui n'ai pas emporté ma belle robe de mariée, fit-il en plissant les yeux.

— Le pasteur est un ami de la famille Combe, continua Lauren, comme si elle ne l'avait pas entendu.

D'autre part, elle s'interdit de songer à sa propre tenue, élégante mais toute simple, et donc parfaite pour le bureau. Cela suffirait bien, pour un mariage *bidon*.

— J'ai pris la liberté d'affirmer que notre mariage était le fruit d'un amour profond et durable qui nous obligeait à solliciter une licence spéciale et un délai exceptionnel, aussi vaudrait-il mieux que tu ne me contredises pas.

— Je n'en ai pas l'intention, répliqua-t-il de cette voix

grave et sardonique qui la faisait frémir de la tête aux pieds. Après tout, je ne suis qu'un simple ermite, tout juste bon à suivre les directives de riches aristocrates qui ne se donnent même pas la peine d'assister à un mariage dont ils sont pourtant à l'origine. Je suis en outre fou de joie et d'impatience de servir votre cher M. Combe qui balance ses instructions depuis l'autre bout de la planète, et comme bon lui semble. C'est vraiment la famille que j'imaginais lorsque, enfant, je fantasmais dans mon orphelinat.

Pour mieux montrer sa joie et son impatience, il lui offrit un sourire dont Lauren ne fut pas dupe.

— Voilà le mariage romantique que j'attendais depuis toujours, au fond de mon cœur, poursuivit-il avec une gaieté qui sonna faux. Écoute bien et tu l'entendras battre la chamade, murmura-t-il en la regardant dans les yeux.

Ce n'était pas le cœur de Dominik qu'elle entendait battre comme un fou, mais le sien.

Lauren posa sa tablette sur le bar d'un geste un peu brusque, voire agressif.

— Pourrais-tu cesser de plaisanter ne serait-ce que quelques heures ? demanda-t-elle. Ou au moins *essayer* ?

Le regard toujours rivé au sien, il souleva sa tasse de café et la porta à ses lèvres avant d'en boire une longue gorgée.

— Si j'en avais eu envie, j'aurais pu m'enfuir cette nuit, crois-moi. Parce que franchement vos dispositifs de sécurité sont grotesques. En ce moment même, le pasteur ami de la famille Combe se décarcasse pour nous. Comment veux-tu que je garde mon sérieux ?

— Tu as accepté de te prêter à cette mascarade. En revanche, je ne pense pas avoir accepté de me soumettre à tes remarques désagréables.

Elle ne s'attendait pas à le voir sourire. D'un sourire éclatant et farouche.

— Tu vas devoir te soumettre à bien d'autres choses aujourd'hui. Alors ne te sous-estime pas, Lauren.

Quand Dominik lui parlait ainsi, elle le détestait. Lui et sa voix grave qui s'insinuait en elle, faisant renaître la chaleur infernale, et lui donnant un avant-goût des mystères qui lui demeuraient pour l'instant opaques. Et que Lauren ne *voulait pas* explorer.

— Je les ai déjà acceptées, lui rappela-t-elle d'un ton sec.

— *Tu* les as acceptées ? Je croyais que c'était moi qui avais acquiescé à tout, comme un gentil petit toutou.

La voix mâle conservait sa suavité, mais le regard gris n'était que dureté.

— Tu m'as réclamé une nuit de noces et je te l'ai accordée, riposta-t-elle, le cœur battant à tout rompre. Et tu sais très bien que je tiens mes promesses. Chaque fois que tu m'as demandé de t'embrasser, je l'ai fait, non ?

— En effet. On pourrait même dire que tu montres beaucoup de zèle et d'enthousiasme, une fois que tu es lancée.

— Ce que je voulais te faire remarquer, répliqua-t-elle, les dents serrées, c'est que tu n'as pas besoin de continuer avec tes sous-entendus grossiers. Tu as demandé du sexe en échange de ton assentiment et j'ai accepté. Point final.

C'était aussi simple que cela. Alors pourquoi la simple présence de Dominik paraissait-elle absorber tout l'oxygène, subitement ? Au point que Lauren avait de nouveau du mal à respirer ?

— Si cette perspective t'est aussi désagréable, renonce à ce mariage, Lauren.

— Parce que j'ai le choix ? parvint-elle à répliquer. C'est une option ?

— Pendant que tu rumines sur l'injustice de toute cette affaire, souviens-toi que ce n'est pas moi qui suis allé te chercher au fond de la forêt et t'ai ramenée en Angleterre. Si j'accepte de jouer cette comédie pour le simple plaisir d'une nuit de noces obtenue par ruse, ça me regarde.

Il inclina légèrement la tête de côté.

— Tu devrais peut-être te demander jusqu'où tu serais prête à aller pour un chèque. Et pourquoi.

— C'est un peu plus compliqué que cela.

— Ah ? Eh bien, demande-toi aussi ce que tu *refuserais* de faire si ton cher M. Combe te le demandait. Les réponses pourraient s'avérer fort instructives.

— Tu aimes de toute évidence œuvrer en solitaire, riposta Lauren, réprimant à grand-peine sa colère. Mais certains préfèrent travailler en équipe.

— Tu parles de la partie de l'équipe qui s'offre en ce moment des vacances en Australie ? Ou de celle qui reste ici avec des ordres à exécuter et un barbare à civiliser par le biais de la vénérable institution du mariage ? Beau travail d'équipe, en effet.

— *Tu as accepté.*

— Oui. Mais, je te le répète : toi aussi. Serait-ce cela qui te tracasse, princesse ? Serais-tu terrifiée par la perspective de m'offrir ce que tu m'as promis ?

Cette fois, il dépassait les bornes !

— Qu'est-ce que ça peut bien te faire que je sois terrifiée ou pas ? Tu changerais d'avis, si je te disais que c'est le cas ?

L'éclat sauvage passa dans les yeux gris, faisant rejaillir la chaleur en Lauren. À croire que ce n'était pas de la colère qui vibrait en elle.

— Cela pourrait changer mon approche, répondit-il lentement. Mais pas forcément.

— Très bien. Félicitations, alors. Dans peu de temps, tu auras une épouse. Et peu après, une nuit de noces sacrificielle, comme c'était l'usage autrefois.

Il éclata de rire, d'un rire franc et profond.

— Crois-tu me donner mauvaise conscience, Lauren ? T'attends-tu à ce que je proteste à grands cris, et te dise que je déteste l'idée de martyre quand il s'agit de sexe ?

— Non, et tu le sais très bien.

Dominik ne bougea pas, mais Lauren eut l'impression qu'il l'enveloppait. De toutes parts. Que les grandes mains chaudes se posaient partout sur son corps. Elle les *sentit*.

— Tu n'es pas terrifiée, déclara-t-il avec une assurance qui la fit trembler. Tu n'as pas peur de moi mais de toi-même. Et de toutes ces histoires que tu t'es racontées sur ta prétendue insensibilité.

Le regard pénétrant la clouait sur place.

— Et si quelque chose te terrifie, c'est la pensée de te réveiller demain si vivante, si enchantée par ta nuit de noces, que tu ne te reconnaîtras plus.

— À moins que je ne me réveille en bâillant d'ennui.

— *Mourant* d'ennui, même, acquiesça-t-il en riant de nouveau.

Il se pencha vers elle et appuya les coudes sur le bar.

— Mais dis-moi, Lauren. L'ennui te donne-t-il chaud partout ? Notamment entre les cuisses ?

L'espace d'un instant, la question parut flotter entre eux. Incompréhensible. Opaque.

Puis Lauren sentit un courant brûlant déferler en elle, de la tête aux pieds. Personne ne lui avait jamais posé une telle question. Jusqu'à maintenant, elle ne savait même pas que l'on pouvait discuter de ce genre de choses.

Elle aurait voulu se sentir scandalisée. Dégoûtée. Ne pas comprendre même à quoi il faisait allusion. Elle aurait préféré trouver Dominik répugnant.

Peine perdue. Elle savait très bien ce qu'il voulait dire.

Elle fondait, là, maintenant. Entre les cuisses. Et ce n'était certes pas l'ennui qui la consumait.

— Tu as vingt minutes pour te préparer, annonça-t-elle une fois qu'elle se sentit capable de parler à peu près normalement. Je peux compter sur toi ?

— Je prends ta non-réponse pour un *oui*, répliqua-t-il d'une voix rauque.

Mais pourquoi était-il aussi viril ? Aussi sûr de lui ?

— Tu brûles, Lauren. À tel point que tu as du mal à rester tranquille. Ne t'inquiète pas, princesse. Tu ne sais pas comment remédier à la situation, mais tu peux compter sur moi, en effet.

Après s'être redressé, il contourna la table bar, tandis que Lauren reculait avec raideur. Quand il passa à côté d'elle, elle fut soulagée qu'il ne s'arrête pas et se dirige droit vers la porte de la chambre.

— Si tu veux me rejoindre sous la douche, tu es la bienvenue, lança-t-il par-dessus son épaule.

Ce ne fut qu'au moment où elle entendit l'eau couler dans la salle de bains que Lauren s'aperçut qu'elle serrait les poings si forts que ses ongles lui meurtrissaient la chair.

Elle se força à respirer, et fut bien obligée de reconnaître que Dominik avait raison. Une fois de plus.

C'était d'elle-même, qu'elle avait peur. Pas de lui.

Et elle mourait d'impatience de découvrir enfin ce qu'elle avait raté durant toutes ces années.

Cette pensée avait tourné en rond dans son esprit durant des heures, la nuit précédente. Lauren avait à peine fermé l'œil, allongée dans ce lit où elle dormait plus souvent que dans celui de son propre appartement. Elle s'était toujours enorgueillie d'être indifférente au chaos insensé dont les autres parlaient sans cesse. Elle s'était félicitée de ne pas se laisser entraîner dans les mêmes tourments émotionnels qu'eux. Elle s'était convaincue que rester à l'écart lui permettait d'être encore plus performante dans son travail. Que, forte de son insensibilité, elle naviguait comme un poisson dans l'eau parmi les nombreux écueils de l'univers complexe des affaires.

Mais sa rencontre avec Dominik l'obligeait à admettre qu'elle pouvait éprouver elle aussi des émois sensuels.

Elle avait passé tellement de temps à se persuader qu'elle ne désirait pas ce qui lui était inaccessible. L'amour de ses parents, une place au sein des deux familles qu'ils avaient fondées sans elle, les liaisons romantiques ou purement sexuelles que ses collègues et connaissances entamaient et délaissaient au gré de leurs envies. Quand on l'interrogeait sur son refus de sortir le soir ou d'aller en boîte, par exemple, Lauren répondait invariablement que cela ne l'intéressait pas. Et si quelqu'un insistait, elle déclarait d'un ton catégorique qu'elle avait des obligations personnelles.

Alors qu'en secret elle se croyait au-dessus de tout cela, convaincue qu'elle valait mieux que ces folies assorties la plupart du temps de regrets.

Il lui avait suffi d'embrasser Dominik James pendant une journée pour être obligée de se demander si elle n'avait pas fait le mauvais choix en s'interdisant de désirer ce qu'elle jugeait inaccessible. Où l'avaient conduite ces privations, sinon au terrible constat qu'en fait elle n'avait jamais goûté à la vraie vie ? Avait-elle d'autres perspectives que celle de finir en célibataire endurcie, solitaire sur une île déserte où elle s'était isolée volontairement ?

Cette conclusion déplaisait profondément à Lauren.

Et si elle se laissait aller complètement ? Que risquait-elle à s'abandonner aux mains expertes de Dominik ?

Elle laissa échapper un long soupir, se sentit vaciller. Et la hauteur de ses talons n'y était pour rien.

Une pensée révolutionnaire s'insinua alors dans son esprit. Puisqu'elle devait épouser cet homme, et rester sa femme durant tout le temps qu'il faudrait pour que l'attention des paparazzis et du public retombe et aille se focaliser sur un nouveau scandale, pourquoi ne pas profiter de l'opportunité qui s'offrait à elle ?

Lauren savait déjà que Dominik détenait le pouvoir de lui faire éprouver des sensations inconnues… et fabuleuses. Il possédait le don de l'entraîner dans un tourbillon aussi grisant que mystérieux. Alors qu'elle avait toujours été persuadée d'être incapable de vivre de tels instants.

Le problème, c'était peut-être qu'elle ne savait pas *comment* désirer. Peut-être ne ressentait-elle rien, parce que personne ne l'avait jamais vraiment désirée ? À commencer par ses parents, qui n'avaient cherché qu'à se débarrasser d'elle.

Lauren ignorait pourquoi Dominik souhaitait se prêter à cette comédie avec elle, mais il avait accepté. Et sans se faire prier. Elle ne le connaissait pas beaucoup, mais suffisamment pour savoir qu'il n'était pas le genre d'individu à se laisser influencer. Un homme aussi farouchement indépendant que lui ne faisait que ce qu'il voulait bien faire.

Pourquoi ne pas profiter elle aussi des bons côtés de ce mariage arrangé ?

Alors, l'insensibilité qu'elle proclamait serait mise au défi et Lauren saurait enfin à quoi s'en tenir à ce sujet. Un jour, l'un des rares hommes qu'elle eût embrassés – sans le moindre émoi – l'avait traitée d'extraterrestre quand elle avait refusé de coucher avec lui.

Dominik l'avait comparée à un robot.

Et si elle était une vraie femme, après tout ?

Lorsque Dominik réapparut, vêtu d'un élégant costume noir à la coupe impeccable et d'une chemise blanche à col droit, Lauren le dévisagea de la tête aux pieds avec stupéfaction. Ces vêtements ne sortaient pas d'une boutique de prêt-à-porter... En outre, il avait les cheveux soigneusement peignés en arrière et était rasé de près.

Elle avait devant les yeux le portrait type du fils aîné de la dernière génération des San Giacomo.

Elle inspira à fond et se lança. Si elle ne le faisait pas tout de suite, elle ne le ferait jamais.

— Je suis d'accord pour la nuit de noces.

— Comme tu me l'as déjà dit, fit-il remarquer de

cette voix soyeuse qui la mettait dans tous ses états. Envisagerais-tu de renégocier les termes de notre contrat ?

— Si cela prend plus d'une nuit, pas de problème, enchaîna-t-elle sans respirer. Je veux apprendre.

Elle se sentit à nouveau vaciller. Surtout lorsque Dominik s'arrêta de tirer sur ses manchettes de chemise pour reporter toute son attention sur elle.

— Apprendre quoi ? demanda-t-il avec un calme saisissant.

— Tout le monde pratique le sexe et en parle, dit-elle, incapable de contrôler le flot de paroles qui jaillissait d'on ne sait où. Les gens semblent être obsédés par ça, et je veux savoir pourquoi. Alors, je ne désire pas seulement que tu me prennes ma virginité. Et c'est bien ainsi.

L'éclat sauvage incendia les beaux yeux gris.

— Je suis ravi d'apprendre que nous sommes sur la même longueur d'onde, dit-il, pince-sans-rire. Je n'étais pas particulièrement ravi à la perspective d'avoir affaire à une vierge récalcitrante et dépourvue de tout enthousiasme.

— Je ne sais pas ce qui m'attend, répliqua Lauren avec franchise. Mais je veux comprendre pourquoi on fait un tel raffut autour de tout ce qui touche au sexe. Pourquoi tout le monde, toi y compris, me regarde comme si j'étais anormale, quand je dis que cela ne m'intéresse pas. Peux-tu m'aider, Dominik ?

C'était peut-être la première fois qu'elle l'appelait par son prénom. Lauren n'en était pas certaine, mais ce fut l'impression qui la traversa. Quant à lui, il la regarda en silence, l'air suffoqué.

— J'ai passé toute ma vie à ne pas comprendre les gens qui m'entouraient, continua-t-elle. À ne jamais saisir de quoi ils parlaient. Les sous-entendus, pour eux évidents, m'échappaient toujours. Alors je veux découvrir le grand secret.

— Lauren…

Le visage de Dominik avait changé. Elle ne lui avait encore jamais vu cette expression. Plus aucune ironie dans les yeux gris. Ni de défi ou de dureté.

Ce qu'elle y lisait, c'était… quelque chose ressemblant fort à de la pitié. Et Lauren ne put supporter cette éventualité.

— Je sais que pour toi il ne s'agit que d'un jeu, reprit-elle à la hâte. Tu as peut-être tes raisons personnelles de te plier à cette comédie voulue par M. Combe, et je ne t'en veux pas. Les histoires de famille, c'est toujours compliqué. Mais tu as dit hier que ce mariage ne regardait que nous, toi et moi, et je veux le vivre de cette façon.

Une lueur différente éclairait maintenant le regard de Dominik, tandis qu'il la dévisageait en silence. Ce n'était plus de la pitié – à supposer qu'il se soit agi de cela – mais de la gentillesse.

Et quand il lui tendit soudain la main, Lauren ressentit une envie subite de pleurer, si vive qu'elle battit des paupières pour retenir les larmes prêtes à jaillir.

— Viens, répliqua-t-il d'une voix douce. Allons nous marier. Quant à t'aider, je t'ai déjà dit que tu pouvais compter sur moi.

9.

Sa première erreur avait été de sortir de chez lui pour attendre la visiteuse qui allait débarquer sans y avoir été invitée, mais dont la venue lui avait été annoncée par l'aubergiste du village.

Sur le moment, cette visite surprise n'avait pas inquiété Dominik outre mesure. Personne ne venant jamais le voir, le fait qu'une inconnue soit assez hardie pour s'aventurer jusque-là dans le seul but de le rencontrer avait piqué sa curiosité. Surtout quand il l'avait vue émerger de la forêt, avec ses cheveux dorés et son étole rouge vif.

Comment aurait-il pu prévoir qu'il se retrouverait bientôt dans l'une de ces énormes demeures imposantes qu'il détestait ? Un manoir arrogant perché sur une crête dominant le village du Yorkshire où s'élevaient autrefois les moulins qui avaient permis à quelques individus de s'élever au-dessus de leur humble condition.

Ceux-là mêmes qui avaient construit Combe Manor et créé Combe Industries.

Dominik avait lui aussi dû travailler dur, au départ. Mais il avait préféré se servir de la fortune accumulée au fil des années pour aller s'isoler au fin fond d'une forêt.

Alors, que faisait-il dans cette propriété familiale dégoulinant de luxe et de confort ?

Il n'était qu'un imposteur, au fond.

Et il avait beau avoir eu la même génitrice que l'aristocrate rencontré virtuellement sur un écran, il ne partageait pas avec lui ce goût pour les demeures regorgeant d'œuvres d'art et de meubles anciens qui en disaient long sur la fortune familiale, vieille de deux siècles. Plusieurs générations de Combe s'étaient comme lui tenues là, devant l'une des fenêtres de la bibliothèque bourrée de livres destinés à des érudits, à contempler le village où d'autres hommes contribuaient, de par leur travail, à l'enrichissement du patrimoine familial.

Comparée à celle des San Giacomo, la fortune de la famille Combe était toute récente.

Quant à lui, il demeurait un orphelin en dépit de sa filiation maternelle. Un gamin des rues vivant à la dure pendant des années et se débrouillant tant bien que mal pour se nourrir, se vêtir et se trouver un abri pour la nuit. Un soldat ayant accompli son devoir et obéi aux ordres, y compris dans des situations dont il ne parlait jamais à proximité de civils.

Ces liens du sang ne représentaient rien par rapport à l'existence qu'il avait menée. Aussi Dominik était-il surpris de ne pas voir cette demeure extravagante s'écrouler soudain autour de lui comme un château de cartes.

Entendant le clic-clac des talons bien trop hauts résonner sur le parquet derrière lui, il se retourna. Ce fut plus fort que lui.

La femme qui s'avançait vers lui, ses cheveux blonds brillant autour de son visage comme une auréole, était son épouse.

Sa femme.

La cérémonie, si l'on pouvait parler de *cérémonie*, s'était déroulée sans anicroche. Le pasteur était arrivé pile à l'heure, et ils avaient prononcé leurs vœux dans une salle de réunion située tout en haut de l'immeuble abritant la multinationale de son demi-frère. Lauren avait sorti des alliances de son sac, prouvant ainsi qu'elle pensait toujours à tout, ils se les étaient passés l'un l'autre au doigt, et le tour avait été joué.

Lui qui n'avait rien d'un homme impulsif, il avait épousé une femme sur un coup de tête.

Cependant, Dominik était incapable de se reprocher quoi que ce soit. Il ne pensait plus qu'à Lauren. Au désir de lui ôter ces escarpins impossibles dont elle semblait posséder une collection infinie. De faire glisser la petite robe sur les courbes ravissantes, et de s'occuper *enfin* de ce désir déraisonnable qui le dévorait, depuis le premier instant où il avait posé les yeux sur elle.

Après la cérémonie, il n'y avait pas eu de réception, évidemment. Lauren était retournée dans son bureau et y était restée plusieurs heures à travailler. Ensuite, elle l'avait fait monter dans une nouvelle berline noire, tout aussi luxueuse que la première, qui les avait remmenés à l'aéroport privé où ils avaient réembarqué à bord du jet qui les attendait. Moins d'une heure plus tard, ils s'installaient dans une autre voiture noire qui les conduisait vers le mausolée érigé en l'honneur du type d'individus que Dominik avait toujours haïs.

Il refusait de penser qu'il était l'un d'eux. Il ne voulait pas faire partie de cette engeance. Il ne pouvait ni effacer l'existence qui avait été la sienne jusque-là, ni faire comme si sa vie allait changer parce qu'on lui offrait la culpabilité de sa mère sous la forme d'une identité qui ne signifiait rien pour lui.

Mais il avait du mal à se souvenir de sa vie solitaire quand cette femme – *sa* femme – se tenait ainsi devant lui.

— Je viens de parler avec M. Combe, commença-t-elle.

Parce que, bien sûr, elle avait disparu dès l'instant où ils étaient entrés dans cette maison, pour aller passer une ribambelle de coups de fil, répondre à ses e-mails et s'occuper des multiples tâches à effectuer *d'urgence*.

À ce stade, Dominik avait déjà enchaîné erreur sur

erreur. La deuxième, en lui adressant la parole. La troisième, en la touchant. Erreur renouvelée à plusieurs reprises. Il n'aurait jamais dû la toucher. Encore moins l'embrasser. Il aurait dû la laisser repartir à Londres sans lui et, surtout, il n'aurait jamais dû l'épouser.

Si la situation n'avait été aussi… absurde, elle aurait frisé le comique.

Une chose était néanmoins certaine. Dominik ne voulait plus entendre parler de ce fichu frère. Pas ce soir.

— J'ai une faveur à te demander, répliqua-t-il. C'est notre nuit de noces qui commence, maintenant. Et nous avons beaucoup à faire, tous les deux. Alors, que dirais-tu de laisser ton M. Combe là où il est ? Pour une fois, il peut bien se débrouiller sans toi, non ?

Au lieu de protester comme il s'y attendait, Lauren croisa les mains devant elle en hochant la tête.

— Que se passe-t-il ? demanda-t-il tranquillement. Une alliance et quelques vœux prononcés devant le pasteur – c'est tout ce qu'il faut pour t'apprivoiser, belle princesse ?

Une sorte de petit gloussement jaillit de ses lèvres pulpeuses, entre rire et protestation étouffée.

— Je ne suis pas certaine d'être apprivoisée, même si je porte un anneau au doigt. Mais j'ai dit que j'étais d'accord pour la nuit de noces… et le reste. Et j'ai bien l'intention de la vivre.

— Tu pourrais afficher un peu plus d'enthousiasme, non ?

Il sourit, assailli par un flot d'images toutes plus suggestives les unes que les autres.

— Je n'ai jamais été très douée pour cela, répliqua-t-elle en redressant le menton.

— Tu ne peux pas sincèrement croire que tu n'es pas docile, dit Dominik en se rapprochant d'elle. Tu es payée pour obéir à ton patron, n'est-ce pas ? Alors je me demande ce qu'il faudrait pour que tu obéisses à ton mari, avec ne serait-ce que la moitié de l'empressement que tu montres envers ton cher M. Combe.

Dominik fut ravi de la voir tressaillir. Quant à lui, il avait une érection si forte que c'en devenait douloureux.

Arrivé devant Lauren, il continua de marcher, tournant nonchalamment autour d'elle comme s'il examinait une sculpture sous tous les angles.

Une nouvelle vision lui apparut, plus excitante encore que les précédentes.

— Je t'ai demandé de m'aider. De me faire découvrir le plaisir, commença-t-elle d'une voix tremblante. Cette initiation implique-t-elle de nouvelles humiliations, ou dois-je les considérer comme un supplément ?

— C'est à moi de te le faire découvrir, Lauren. Tu vas devoir te contenter de me suivre… docilement.

Revenu devant elle, Dominik s'émerveilla de l'expression qui se lisait sur les traits fins, mélange de méfiance et d'anticipation. Et de l'adorable roseur colorant les hautes pommettes.

Jamais il n'avait vu de femme aussi belle. Et elle était à lui. Elle s'était *donnée* à lui.

— Que veux-tu que je fasse ? demanda-t-elle d'une voix douce qui passa sur lui comme une caresse.

Il tendit la main et glissa les doigts dans les cheveux blonds, toujours retenus en queue-de-cheval. Celle-ci faisait partie de son armure, comprit Dominik.

Ce soir, il ne voulait aucun rempart entre eux.

— Détache tes cheveux.

Il vit le pouls s'accélérer à la base du cou gracieux. Les joues roses s'empourprer. Mais elle obéit et détacha ses cheveux, avant d'y passer la main pour les laisser couler en ondes dorées sur ses épaules.

Elle disait ne pas croire aux contes de fées, mais Dominik était certain d'en vivre un. Et il avait beau connaître le prix d'une telle folie, il voulait goûter la princesse aux cheveux d'or, tout entière.

Il voulait cette femme, quitte à y laisser sa peau.

Avec les cheveux ainsi dénoués et tombant librement sur ses épaules, elle était différente. Moins formatée. Moins lisse. Plus accessible. Elle avait même un petit air romantique.

Songeant à ce qu'il lui avait promis, Dominik retint une plainte et la souleva dans ses bras.

Un petit halètement s'échappa des lèvres pleines, mais il l'ignora et s'avança vers la porte en serrant son doux fardeau contre sa poitrine, tandis que Lauren lui refermait les bras autour du cou.

D'un geste si spontané, si… naturel, que cela faillit bien l'anéantir.

Un escalier double, aussi monumental que théâtral, dominait le grand hall d'entrée. Dominik choisit la volée de gauche.

— Les suites réservées aux invités sont de l'autre côté…, commença Lauren en gigotant dans ses bras, avec ce froncement de sourcils qu'il adorait.

— Il y a quelqu'un d'autre dans la maison ?

Il connaissait déjà la réponse. Elle lui avait dit que la maison était vide au moment où ils avaient atterri dans le Yorkshire. Avant de lui donner une foule d'informations sur la propriété, le village, les landes et les montagnes formant l'arrière-pays, comme si elle le croyait intéressé par une visite guidée de la région et un historique de la famille Combe.

— Comme tu le sais, M. Combe est en Australie, et sa sœur, Pia…

Elle s'interrompit et le regarda dans les yeux.

— Ta sœur aussi, donc. Elle séjourne en ce moment à Atilia.

— Sur l'île.

— En fait, il s'agit d'un ensemble d'îles situées en mer Ionienne…

— Je m'en fiche.

Seule comptait la femme qu'il tenait dans ses bras.

— Combien de lits y a-t-il, dans cette maison ?

— Quinze.

— Pas de problème. J'ai l'intention de les essayer tous.

Dominik ouvrit la première porte qu'il trouva sur son chemin et pénétra dans un immense salon donnant sur une chambre. Un lit à baldaquin d'une taille impressionnante trônait au milieu de la pièce, mais Dominik oublia son aversion pour ce genre de meubles, préférant ne songer qu'aux charmantes possibilités qu'ils offraient.

Doucement, il déposa Lauren à côté du lit et sourit en la voyant se raccrocher à son bras pour ne pas perdre l'équilibre.

— Ce sont les chaussures, n'est-ce pas ? Et non une émotion trouble qui te donne le vertige ?

Elle lui lança un regard noir, mais ne dit rien. Se penchant, elle défit la boucle de la fine lanière lui entourant la cheville, puis se débarrassa de la chaussure. Quand elle eut ôté la seconde, elle mesurait une bonne dizaine de centimètres de moins.

Et soudain elle sourit, ses yeux caramel étincelant de beaux reflets mordorés.

— Je ne m'attendais pas à une introduction en douceur. Je croyais que nous passerions tout de suite à… à l'acte.

— Ça, c'est ce que tu aurais eu avec un partenaire rencontré dans le premier pub venu.

Dominik se débarrassa enfin de sa veste de costume qu'il portait depuis le matin, conscient du regard de Lauren qui suivait le mouvement de ses épaules, ses bras…

— Pourquoi ne l'as-tu pas fait ? poursuivit-il en commençant à déboutonner sa chemise, lentement, pour que Lauren ne perde rien du spectacle.

— Pardon ?

— Si tu voulais mettre ta non-sensibilité à l'épreuve, pourquoi ne pas l'avoir fait avec n'importe qui, après avoir bu quelques verres pour te donner du courage ?

— Tu ne vas pas me croire, je sais, mais je n'avais jamais éprouvé la moindre curiosité avant…

Elle s'interrompit en se mordillant la lèvre.

Avant de te rencontrer. Ces mots flottèrent entre eux, aussi clairs que si elle les avait prononcés.

Dominik en resta… interdit. Il se sentit plus humble.

— Ne t'inquiète pas, dit-il d'une voix plus rauque qu'il ne l'aurait voulu. Je t'ai promis que tu pouvais compter sur moi et je n'ai pas l'intention de renier ma promesse.

La chemise blanche tomba sur le tapis.

— Ta robe, princesse. Ôte-la.

Les yeux caramel s'écarquillèrent et, les mains tremblantes, elle saisit la robe par le bas et la fit remonter sur ses cuisses, avant de se tortiller pour la faire glisser plus haut, dévoilant peu à peu son corps à peine vêtu.

Centimètre par centimètre.

Puis elle laissa tomber à son tour la robe qui échoua sur la chemise, et se tint devant lui, en soutien-gorge de dentelle et culotte assortie, d'une nuance de rose pâle à peine plus soutenue que celle de sa peau.

Seigneur, il souffrait comme un damné…

Dominik tendit les mains et les posa enfin sur les longs cheveux doux comme de la soie, descendit sur les bras, jusqu'aux doigts dont l'un portait l'alliance, puis remonta en sens inverse. Il effleura bientôt l'endroit où battait le pouls à un rythme précipité, sentit son membre viril frémir à l'unisson, redescendit pour caresser les seins à travers la dentelle avant de les prendre dans ses mains.

Elle était si douce au toucher, si chaude qu'il réprima un gémissement.

Lentement, Dominik laissa glisser les doigts sur le

ventre plat, les hanches faites pour ses mains, les fesses rebondies…

De chaude, Lauren devint brûlante sous ses paumes.

Et lui découvrit avec ravissement que quand elle rougissait, elle s'empourprait jusqu'au nombril.

Le regard soudé au sien, il s'agenouilla devant elle, referma les bras autour de ses hanches rondes et approcha la bouche de son ventre en la sentant frissonner contre lui.

La toucher ne lui suffisait pas. Il voulait la goûter.

Il savoura le petit son choqué qui s'échappa des lèvres de Lauren lorsqu'il laissa descendre sa bouche plus bas, de plus en plus bas. Elle renversa la tête en arrière et s'appuya à l'une des hautes colonnes encadrant le lit, comme si elle avait besoin de soutien, puis enfouit les doigts dans les cheveux de Dominik, mais pas pour le guider. Sans doute parce qu'elle ne savait comment faire. Ou ne le voulait pas. Aussi continua-t-il sa lente exploration à sa façon.

Quand elle baissa les yeux et croisa son regard, il lut dans le sien un désir d'une telle intensité qu'il serra les mâchoires pour dominer le feu qui rugissait en lui.

Levant les bras, il dégrafa le soutien-gorge en dentelle, l'ôta délicatement, dévoilant des seins… parfaits.

Elle était parfaite. Il rapprocha le visage et s'enivra de son parfum de femme, puis se releva et pencha la tête pour aspirer l'un après l'autre les mamelons gonflés et durs.

Le cri qui s'échappa des lèvres de Lauren l'enchanta.

Quand il en eut terminé avec les deux pointes rose framboise, celles-ci se dressèrent fièrement sur les seins à la peau claire. Elle renversa de nouveau la tête en arrière, ses cheveux ruisselant comme un flot d'or sur son dos nu.

Dominik la souleva dans ses bras et l'étendit sur le lit, avant de faire glisser la minuscule culotte sur les hanches délicieusement féminines.

Lauren se mit à haleter, exacerbant le désir qui le consumait sans répit.

Les halètements se transformèrent en petites plaintes follement sexy quand il souleva les longues jambes pour les arrimer sur ses épaules, avant de pencher la tête vers l'endroit d'où s'exhalait sa merveilleuse chaleur de femme.

Lauren le rendait fou. Jamais il n'avait désiré aussi farouchement une femme.

Redressant la tête, Dominik sourit en voyant l'air émerveillé avec lequel elle le contemplait. Il y avait aussi de l'incrédulité, dans les yeux caramel.

— Tu… Mes jambes…, murmura-t-elle.

— C'est pour mieux te dévorer, ma belle.

Puis il posa les lèvres sur le sexe offert, déterminé à lui démontrer que les contes de fées existaient bel et bien.

10.

Lorsque Lauren sentit les lèvres de Dominik sur sa chair, là, à l'endroit le plus secret de son corps, elle fut traversée par un courant incandescent d'une intensité inouïe.

Elle se raidit, avant de se mettre à trembler. Mais cela n'arrêta pas Dominik. Son mari.

Il la léchait paresseusement, langoureusement. Il l'explorait avec sa langue, la titillait du bout des dents. Les puissantes épaules lui maintenaient les cuisses écartées tandis que Lauren s'agrippait aux cheveux épais.

Bientôt, une sensation différente naquit en elle, semblable à une flamme dansant allègrement dans tout son corps.

Puis la flamme se transforma en un brasier qui la dévora inexorablement avant de l'emporter dans un tourbillon où Lauren sombra corps et âme.

Dominik écarta la bouche et l'appuya contre l'intérieur de sa cuisse, sourit un instant contre sa peau avant de se redresser de toute sa hauteur en l'entraînant avec lui.

Ils se trouvaient maintenant au centre du lit immense, dans l'une des suites familiales où Lauren n'avait jamais osé pénétrer lors de ses précédentes visites à Combe Manor.

Lorsque Dominik la renversa et s'allongea sur elle, elle s'aperçut qu'il était nu lui aussi. Égarée dans ses propres sensations, elle n'avait même pas remarqué qu'il achevait de se déshabiller.

Elle savoura le poids de Dominik, la sensation de

la toison un peu rêche contre ses seins. Le regard gris luisant de reflets argentés, brûlant mais attentif, tandis que Dominik se soulevait et s'appuyait sur les mains pour la contempler. Lauren effleura du bout des doigts les reliefs du torse musclé, les abdominaux parfaits, comme elle désirait le faire depuis l'instant où il lui avait ouvert la porte ce matin-là.

Cette fois, elle allait pouvoir le toucher *partout*, sans réprimer les désirs dont elle avait toujours été inconsciente. Avant de rencontrer Dominik.

— Tu es d'une beauté incroyable, murmura-t-elle.

Il prit sa bouche, presque sauvagement, redoublant l'excitation qui avait pris possession de Lauren. Elle lui referma les mains autour des reins pour l'attirer vers elle. Des sensations insensées tournoyaient autour d'elle et en elle, lui donnant envie de presser son corps contre celui de Dominik, de ne faire plus qu'un avec lui.

Une fois encore, il la devina et la serra farouchement dans ses bras. Lauren sentit le membre viril, chaud et doux, d'une fermeté impressionnante, là, contre son ventre.

Elle trembla de nouveau, de la tête aux pieds, tandis que Dominik l'embrassait et glissait les mains entre leurs deux corps. Puis il se redressa légèrement, elle entendit un bruit de papier déchiré, et il s'installa entre ses jambes.

Ce fut comme si, depuis toujours, elle avait été faite pour ces instants merveilleux. Il la caressa, la cajola, là où son corps le réclamait, tandis qu'elle haletait et creusait les reins pour mieux s'offrir aux savantes caresses. Puis soudain, elle céda à la jouissance en poussant un cri.

Dominik lui souleva les genoux, se rapprocha, jusqu'à ce que son érection effleure le sexe de Lauren.

— Si tu ne sens rien, dis-le-moi, murmura-t-il.

— Si je ne…

Au même instant, elle sentit le membre puissant la pénétrer.

Il s'enfonça davantage. Une douleur aiguë la traversa, aussi intense que brève.

Dominik se retira, avant de donner un coup de reins plus vigoureux. Il recommença, encore et encore. Le plaisir monta en Lauren, presque insoutenable. Trop de sensations déferlaient en elle...

— Souviens-toi, dit-il d'une voix rauque. Tu es insensible. Tu ne ressens pas ce que les autres ressentent. C'est cela que tu vis ? Là, maintenant ?

Impossible de lui répondre. Lauren ne pouvait que s'accrocher aux solides épaules et y enfoncer les ongles tandis que l'ensorcelant va-et-vient se faisait plus rapide, plus sauvage. Plus enivrant.

Jusqu'à ce que, brusquement, il cesse.

Durant quelques instants, Dominik la regarda, appuyé sur les coudes, le regard presque aussi sévère que le pli des lèvres sensuelles. Alors qu'il était complètement enfoui en elle.

L'intensité de ce regard, combinée avec la sensation qui ondoyait dans son corps, avait quelque chose de si absolu, de si profond, que Lauren s'embrasa à nouveau tout entière.

Mais cette fois, ce fut différent. Davantage comme une vague. Ou plutôt une succession de vagues se renouvelant à l'infini, jusqu'à ce que l'une d'elles, plus haute que les autres, l'emporte jusqu'à des sommets éblouissants avant de la laisser retomber sur le rivage.

Lorsque Lauren rouvrit les yeux, Dominik la contemplait les traits tendus, une lueur sauvage au fond du regard.

— Tu me tues, dit-il, les mâchoires crispées.

Elle s'efforça de reprendre son souffle.

— J'ai fait quelque chose qu'il ne fallait pas ?

Un son franchit les lèvres de Dominik, entre soupir et plainte.

— Non, princesse, tu n'as rien fait de mal, dit-il d'une voix torturée.

Mais elle n'eut pas le temps de s'interroger davantage, car il recommença à bouger.

Incapable de respirer, de penser, Lauren n'était plus que sensations. Avidité et passion, plaisir et volupté. Tout son être était concentré sur l'homme qui remuait en elle.

Elle était passée à côté de tant de choses, durant toutes ces années.

Grâce à Dominik, elle redécouvrait l'espoir, l'émerveillement, tandis qu'il continuait son délicieux va-et-vient. À chaque nouveau coup de reins, il lui apprenait quelque chose. Il la rendait humaine, réelle.

Bientôt, il n'y eut plus que du feu entre eux. Des flammes qui dansaient et les dévoraient tous deux, les unissant dans une fusion totale.

Et cette fois, quand Lauren s'envola dans la jouissance, Dominik l'y accompagna.

Il n'aurait jamais dû quitter sa forêt, se répéta Dominik un long moment après leur folle étreinte.

Dehors, le ciel s'était assombri. Et Lauren se trouvait à moitié allongée sur lui, la tête appuyée sur sa poitrine, le souffle régulier et les yeux clos.

Pourquoi n'était-il pas resté en Hongrie, bon sang ? Il aurait dû lui rire au nez quand elle lui avait parlé de ses histoires d'héritage. Et jamais, au grand jamais, il n'aurait dû lui proposer un *vrai* mariage.

Dominik se sentait… anéanti. Et pourtant, il ne pouvait se résoudre à la repousser. Ça aurait été facile. Il lui aurait suffi de rouler sur le flanc, en douceur pour ne pas la réveiller, et de la laisser là. Avant de s'éloigner pour toujours de cette demeure au luxe ostentatoire dont il n'avait que faire.

Mais il avait promis de jouer le rôle que l'on attendait

de lui, s'engageant à épouser Lauren et à se soumettre à tout le reste.

Il s'était impliqué délibérément dans cette histoire rocambolesque. Il avait accepté de jouer le rôle que l'on attendait de lui. Mais sans imaginer un seul instant que faire l'amour à Lauren pourrait s'avérer aussi… dévastateur.

Depuis des années, Dominik se croyait immunisé contre tout et aucune étreinte charnelle ne l'avait jamais mis dans un tel état.

Il ne s'était jamais senti aussi à nu, dans tous les sens du terme. Il avait l'impression d'être exposé, comme si tout ce qu'il avait enfoui au plus profond de lui-même se retrouvait à vif. L'orphelin s'efforçant d'être parfait pour attirer des parents potentiels. Le gamin des rues contraint de jouer les durs pour qu'on lui fiche la paix. Le soldat obligé de faire comme s'il approuvait tous les ordres donnés par ses supérieurs.

Cette farce devait cesser. Immédiatement. Il devait se lever et s'éloigner de cette femme. Et s'infliger une longue course punitive qui lui clarifierait les idées. Il avait besoin de se débarrasser des choses étranges qui tourbillonnaient en lui. Parce que Lauren représentait désormais une menace. Elle détenait le pouvoir d'abattre les cloisons érigées en lui au fil des années. Or il ne pouvait se permettre de…

Elle bougea la tête, ses cheveux soyeux lui caressèrent la peau. Aussitôt, une délicieuse chaleur envahit Dominik.

Le murmure qui s'échappa de la bouche pulpeuse le fit tressaillir.

Encore à moitié endormie, Lauren murmurait son prénom.

Comment résister à cela ?

Et quand elle souleva soudain la tête et s'appuya le menton sur la main pour le regarder en battant des paupières, il fut choqué par les mots qui lui vinrent aux lèvres.

— Prête à reprendre l'exercice ?

En outre, il reconnut à peine sa voix, tendre et taquine.

Ses mains se posaient déjà d'elles-mêmes sur les courbes affolantes, comme s'il éprouvait le besoin de s'assurer qu'elles étaient bien réelles. Que Lauren l'était.

— L'exercice ? répéta-t-elle en haussant les sourcils.

Elle réfléchit, d'un air si innocent, si charmant qu'il la contempla avec ravissement. Avant de se traiter de niais.

— Pour certains, cela semble être un sport, en effet, reprit-elle. Pour d'autres, une habitude. Ou encore, une drogue.

— Il y a des amateurs en tout, princesse, mais je ne me suis jamais considéré comme tel.

Il aurait dû s'en aller, mais ses mains caressaient le dos à la peau douce et chaude, descendaient sur les reins, se refermaient sur les adorables rondeurs… De cette femme qu'il connaissait à peine, et qui le dévisageait avec une expression douce et rêveuse qui lui faisait battre le cœur.

Comme si c'était au tour de Lauren de lui enseigner quelque chose.

— Pardonne-moi. Je ne me rendais pas compte que j'avais affaire à une star du sport en chambre, dit-elle, les yeux pétillants de malice.

Dominik eut du mal à ne pas éclater de rire.

— Tu es pardonnée, déclara-t-il. Pour cette fois.

Il devait mettre de la distance entre eux. Maintenant. Il n'était pas fait pour la complicité, les rapports humains en général.

Mais cette femme impossible le regardait comme s'il était la huitième merveille du monde. Dominik contempla les pommettes rose vif et ne put résister au désir de les effleurer du revers de la main, l'une après l'autre.

— C'est toujours notre nuit de noces, fit-elle remarquer.

— En effet.

— Je ne sais pas comment ça marche. Si tu peux… Physiquement, je veux dire. Mais je me demandais…

Une lueur coquine dansa dans les yeux caramel.

— C'est fini, la leçon ?

Dominik avait beau s'être transformé en ermite, en monstre solitaire, il n'en était pas moins homme. Et le désir qui le consumait depuis l'instant où la belle étrangère avait émergé des bois, la faim qu'elle avait fait naître en lui, ne paraissait pas près d'être assouvie.

Ils ne le seraient peut-être jamais.

Une telle pensée aurait dû le scandaliser. Le faire fuir. Mais au lieu de s'éloigner de Lauren, Dominik la souleva dans ses bras et l'installa à califourchon sur lui.

Elle baissa les yeux sur son érection, battit des cils, puis sourit.

— Je peux ? demanda-t-elle, les joues en feu.

— Je t'en prie, répondit-il en refermant les mains sur les hanches rondes. Je suis prêt à te démontrer d'une autre façon que tu ne sens rien, que tu es complètement fermée à ce genre de sensations.

Sans dire un mot, elle prit son érection à deux mains et la guida en elle.

Comme si elle était faite pour cela. Pour lui.

— Oui, totalement fermée, murmura-t-elle en se soulevant légèrement au-dessus de lui.

Puis elle se laissa couler sur son membre et sourit à nouveau.

— Je suis certaine que je ne ressentirai absolument rien. Comme tout à l'heure.

Vaincu, Dominik cessa de se maudire et s'abandonna totalement à l'instant présent. À la femme qui le chevauchait hardiment, la tête renversée en arrière, ses longs cheveux ondulant comme un voile doré.

La vision était si belle, si troublante, qu'il fut saisi d'émerveillement et la contempla un instant en retenant son souffle.

11.

Les jours suivants, la situation ne s'améliora pas. Au contraire.

Dominik devait mettre un terme à cette folie. Il n'y avait pas à tergiverser. Le besoin de fuir l'épouvantable gâchis qu'il avait lui-même créé l'obsédait. Il lui fallait quitter cette fichue Angleterre et partir le plus loin possible de la femme qu'il n'aurait jamais dû épouser. Cette pensée le cueillait au réveil, pour le hanter toute la journée. La nuit, elle s'insinuait même dans ses rêves.

Mais les jours se succédaient, et Dominik ne s'en allait nulle part. Il n'essayait même pas. Comme s'il était victime d'un sort contre lequel il se sentait complètement impuissant.

Il initiait Lauren aux plaisirs de la chair, tandis qu'elle lui apprenait les bonnes manières.

— Je sais me servir de couverts, princesse, lui dit-il un matin avec humeur, au retour d'une course punitive.

Après avoir pris une douche et s'être changé, il était descendu au rez-de-chaussée pour se retrouver face à un nombre incroyable de couverts en argent alignés de part et d'autre de chaque assiette, et d'une quantité aussi absurde de verres, ainsi qu'une profusion d'assiettes supplémentaires.

Assise sur une chaise, Lauren le regardait d'un air sérieux qui donna envie à Dominik de la prendre, là et maintenant.

— Nous ne nous attarderons pas sur leur maniement que tu maîtrises parfaitement, j'en suis sûre, commença-t-elle en le dévisageant de la tête aux pieds.

Lui donnant l'impression de redevenir l'orphelin jamais à la hauteur des attentes des religieuses. Il serra les mâchoires. Ce n'était pas le moment de repenser au passé. Le présent était suffisamment compliqué comme cela.

— Nous nous concentrerons sur le comportement approprié à un dîner formel. Autrement dit, le protocole.

— Je pourrais aussi bien me cuisiner quelque chose, manger avec les doigts si j'en ai envie et continuer à vivre comme avant, sans que personne s'intéresse à mon comportement. Rien de tout cela n'a d'importance.

Au lieu de protester, elle le dévisagea de nouveau en silence. Mais avec davantage de douceur et de chaleur dans le regard.

— Cela dépend de tes objectifs, je suppose, dit-elle avec calme. Le sort du monde n'est pas en jeu, naturellement. Personne n'écrira un manuel sur ta façon de te tenir lors d'un dîner officiel. Mais ce qu'il y a d'intéressant, avec les bonnes manières, c'est qu'elles servent souvent à dissimuler des manques.

— Et quels sont les miens, exactement ? Sois plus explicite, s'il te plaît.

— Je parle de moi, Dominik. Pas de toi.

Quand elle sourit, le monde s'arrêta de tourner. Dominik y vit un avertissement. Le signe qu'il devait s'en aller sur-le-champ, avant qu'il ne soit trop tard. Au lieu de cela, il s'assit en face de Lauren, comme s'il était vraiment victime d'un sortilège.

— À mes neuf ans, mes parents étaient divorcés depuis deux années et ils s'étaient tous les deux remariés, chacun de leur côté. Ma belle-mère attendait un enfant. Je l'ignorais, à l'époque, mais ma mère était enceinte elle aussi. Je pensais encore qu'ils auraient dû s'occuper davantage de moi, s'intéresser à leur fille aînée. Alors un jour, j'ai décidé de fuguer, pour les forcer à s'inquiéter à mon sujet, et se comporter ensuite en vrais parents.

Elle sourit, mais il n'y avait rien de gai dans ce sourire.

— J'ai pris tous les bus possibles, jusque tard dans la soirée, poursuivit-elle. Et ils sont arrivés ensemble, juste comme je l'avais espéré, mais seulement pour se reprocher mutuellement d'avoir fait de moi une gamine infernale. Moins d'une heure plus tard, ils s'étaient mis d'accord pour se débarrasser de moi et m'envoyer en pension tout l'été.

— Je comprends que ton père et ta mère n'aient pas été des parents modèles, mais je te conseillerais de ne pas trop te plaindre, même s'ils n'ont pas été présents, devant quelqu'un qui n'en a pas eu *du tout*.

— Je ne me plains pas, répliqua Lauren, toujours avec calme. Ils sont comme ils sont. Je te raconte comment je me suis retrouvée dans un établissement très chic en guise de vacances d'été. Un pensionnat rempli d'enfants dont personne ne voulait.

— Mais qui ne manquaient de rien. Je peux t'assurer qu'aucun orphelinat n'est *chic*.

— Oui, c'est vrai. Mais il aurait été difficile de dire à une petite fille de neuf ans, qui savait qu'elle se trouvait là parce que ses parents ne voulaient pas d'elle, qu'elle ne manquait de rien. Je ne me sentais vraiment pas *privilégiée*, je t'assure. La seule chose que je ressentais, c'était de la peur.

Dominik soutint son regard en se disant qu'il n'éprouvait aucune compassion. Parce que ça aurait dû être le cas. Il lui avait démontré que les sensations étaient réelles et qu'elle pouvait les ressentir, mais il n'en voulait pas pour lui-même. Ni de sensations ni d'émotions.

Il ne voulait pas non plus de cette chose qui frémissait dans sa poitrine et contre laquelle il se sentait impuissant.

— Au pensionnat, on nous a appris les bonnes manières,

poursuivit Lauren. Nous avons eu droit à des cours de maintien, de comportement, de danse. Tout cela me paraissait aussi stupide que cela te le paraît maintenant, mais je vais te dire une chose, Dominik. Après cet été-là, j'ai passé plus d'une soirée à me sentir déplacée. Différente de tous les autres de mon âge, à l'université, par exemple, où j'étais entourée de garçons et de filles obsédés par leurs intrigues amoureuses. Maintenant, je suis souvent amenée à participer à des soirées formelles où je suis censée être l'ambassadrice de Combe Industries, et à ce titre, représenter l'entreprise avec charme et élégance, et en même temps me fondre dans le décor. Et comment crois-tu que j'y parviens ? En gardant toujours à l'esprit que, quoi qu'il arrive, je sais me tenir en société, dans n'importe quelle situation. Certaines personnes s'angoissent pour des histoires de fourchettes, d'assiettes, alors que je suis assise tranquillement devant les miennes, à écouter des conversations que je ne devrais pas entendre, prête et apte à jouer mon rôle, à faire mon travail.

— Je ne vois pas ce qui pourrait t'empêcher de le faire, ton précieux travail.

— J'aime ce que je fais.

— Vraiment ? Ou ce que tu aimes, n'est-ce pas plutôt de t'imaginer que ton M. Combe ne pourrait pas se débrouiller un seul jour sans toi ?

Elle le foudroya du regard, mais Dominik se contenta de hausser les épaules.

— Nous sommes tous des êtres obscurs, Lauren. Considère l'histoire du point de vue du loup, la prochaine fois. Le Petit Chaperon rouge ne s'en sort pas très bien, à la fin...

Au lieu de répliquer, elle baissa les yeux sur les couverts en argent.

— Nous commencerons par les plus éloignés, et ce faisant, nous ferons le tour des sujets appropriés à un dîner formel, ce qui exclut toute allusion obsessionnelle à des contes de fées.

Dominik ne put se résoudre à lui dire qu'il savait parfaitement comment se comporter lors de ce genre de dîner.

De même qu'il s'interdit de lui parler de ces choses confuses qui se bousculaient en lui à la pensée de la petite fille terrifiée de neuf ans, abandonnée par ses parents et contrainte de se servir des bonnes manières pour se protéger.

Plutôt que de se laisser à de telles confidences, il se leva, se dirigea vers elle, la souleva dans ses bras et s'assit sur la chaise. Là, il l'installa sur ses genoux, avant d'entreprendre l'un de ses propres cours initiatiques qui les ravissaient tous les deux.

Il décida de partir le lendemain, mais il y eut le cours de danse, ce qui l'amena à prendre Lauren dans ses bras et à l'emmener à l'étage, pour lui apprendre à quoi pouvaient servir les colonnes encadrant le lit immense.

Il repoussa son départ au surlendemain, mais elle apporta tout un stock de vidéos pour lui faire découvrir les propriétés des San Giacomo. L'occasion pour lui de la renverser sur le canapé et de l'amener à d'autres voyages bien plus voluptueux.

Chaque jour, il y eut quelque chose. Des exposés sur tel ou tel sujet. Des cours en tout genre. Des rendez-vous chez un tailleur obséquieux, que Dominik détesta cordialement jusqu'au moment où ils revinrent au manoir avec des costumes somptueux dans lesquels il ressemblait à l'aristocrate qu'il n'était pas.

Il aurait dû haïr tout cela, mais ne pouvait s'y résoudre lorsque Lauren le contemplait comme s'il était un dieu fait homme.

Les jours passaient. Partir devenait une nécessité absolue, mais après avoir passé son enfance à s'inventer des histoires où tout tournait autour de sa famille imaginaire, il n'avait pas le courage de quitter la première personne capable de lui raconter d'autres histoires. Et des histoires vraies, cette fois-ci.

Parce que Lauren passait une bonne part de la journée à lui raconter l'histoire des San Giacomo, de façon à ce qu'il sache *tout* ce qu'il y avait à savoir sur eux.

À un moment donné, elle entreprit de lui expliquer comment, âgée de seize ans à peine, une jeune héritière avait été contrainte d'abandonner son enfant illégitime, qu'elle le veuille ou non.

Ce fut la partie le plus dure à comprendre, sans doute parce que Dominik souhaitait ardemment y croire.

— Tu dois l'avoir connue, dit-il d'un ton neutre.

La pluie d'été battait les vitres des fenêtres de la bibliothèque où ils s'étaient installés. Lauren était assise sur le sofa, entourée d'albums photos et de classeurs contenant des articles sur la famille San Giacomo. Toutes ces histoires lui appartenaient désormais, lui répétait-elle de temps à autre. Sans que Dominik parvienne à le croire.

— Alexandrina, ma mère, précisa-t-il quand elle le regarda en fronçant les sourcils. Tu dois l'avoir connue, non ?

Ma mère. Ces mots étaient si étranges dans sa bouche. Ils avaient un goût doux amer. Ils étaient irréels. *Ma mère* évoquait le rêve avec lequel il s'était torturé enfant. Pas une vraie personne. Un être humain, de chair et d'os.

Cela n'avait jamais traversé Dominik que sa colère puisse représenter un cadeau. Une force qui lui avait permis de se construire. Privé d'elle, il ne lui restait plus qu'à rechercher en lui de la compassion pour cette femme, et pour lui-même. Dans quel but ? Pour quoi faire ?

— Oui, je l'ai connue, répondit Lauren. Un peu.

— Était-elle… ?

Il ne savait pas quoi demander. Sans compter qu'il n'était pas certain de vouloir de réponses.

— Je suis mauvais juge en la matière, dit-elle en choisissant manifestement ses mots.

Le croyait-elle fragile à ce point ?

— Je travaillais pour son fils, alors nous n'avons eu que des échanges brefs et polis les quelques fois où nous nous sommes croisées. Je n'en ai gardé aucune impression particulière.

— C'est mieux que pas d'impression du tout, ce qui est mon cas.

Elle acquiesça d'un hochement de tête.

— Elle était très belle.

— Cela ne me renseigne pas beaucoup sur son caractère.

— Elle pouvait se montrer impatiente. Et drôle.

Lauren réfléchit un instant avant d'ajouter :

— Et je pense qu'elle était très consciente de sa position.

— Tu veux dire qu'elle était une horrible snob.

— Non, je ne crois pas. Pas comme tu l'entends, du moins. Je ne l'ai jamais vue se comporter de façon arrogante avec quiconque. Mais elle avait certains idéaux qu'elle pensait avoir atteints.

Un sourire arrondit la belle bouche pulpeuse.

— Si elle avait été un homme, les gens auraient dit qu'elle avait des idées bien arrêtées.

— J'ai lu des choses sur elle.

En effet. Il avait lu une foule d'articles parlant de son *style* incomparable, inimitable.

— Elle m'a paru entièrement définie par ses histoires d'amour et les scandales dont elle était l'objet.

— Mon impression était plutôt qu'elle eût appris à être belle et à se servir de sa beauté pour être à la hauteur des attentes des deux grandes familles dont elle faisait partie. Mais je ne pense pas qu'elle ait jamais songé à être heureuse.

— L'aurait-elle pu ? demanda Dominik d'un ton

sardonique. Je ne me rendais pas compte que c'était une possibilité.

— Cela devrait toujours en être une, déclara Lauren avec une assurance tranquille qui le troubla malgré lui. N'est-ce pas le but ?

— Le but de quoi, au juste ?

— De tout, Dominik.

— On dirait une pub, répliqua-t-il au bout de quelques instants. Le bonheur n'est pas un dû, princesse. Et peu ont la chance de le trouver, d'après ce que j'ai pu constater.

Sans s'en rendre compte, il s'était éloigné de la fenêtre et se tenait maintenant devant le sofa où était installée Lauren.

Elle le regarda tranquillement.

— Si nous anticipions le processus, nous en trouverions peut-être un peu en cours de route, du bonheur.

Sa voix douce coulait en lui. Et ce n'était pas bon. Parce que contre ce genre de douceur il n'avait aucune défense.

— Pourquoi ne pas essayer ? ajouta-t-elle.

— Je ne me doutais pas que notre petit mariage de convenance tournerait à la psychothérapie de groupe, répliqua-t-il lentement.

Voyant qu'elle ne réagissait pas, il continua :

— Le prétendu bonheur est le dernier refuge des imbéciles. Et de ceux qui ne savent pas de quoi ils parlent, ce qui revient sans doute au même. Au fur et à mesure que tu avanceras dans la vie, tu te rendras compte qu'en réalité les choses sont un peu plus compliquées que ce genre de platitudes.

Lauren haussa les épaules.

— Je ne crois pas.

Ce fut la manière dont elle prononça ces quatre petits mots qui donna à Dominik l'impression qu'ils lui transperçaient la poitrine. Elle ne redressait pas le menton d'un air de défi. Ne le foudroyait pas du regard avec colère.

La douceur de sa voix avait plus d'impact sur lui qu'une démonstration de force.

— Tu ne penses pas que le monde est un endroit horrible, aussi compliqué qu'impitoyable, peuplé d'individus égoïstes ne songeant qu'au profit ou à leur bien-être ? Délaissant leurs enfants ou les abandonnant dès la naissance ?

— Le fait qu'il existe des êtres malfaisants et des gens intéressés signifie seulement que lorsque nous trouvons un peu de bonheur nous devrions nous y accrocher autant que nous pouvons.

— Laisse-moi deviner. Tu penses qu'après tout ce temps je devrais me montrer plus reconnaissant envers la femme qui savait manifestement depuis toujours où j'étais, et qui a indiqué à d'autres où l'on pouvait me retrouver – mais seulement après sa mort, afin qu'ils puissent me raconter la triste histoire selon laquelle elle avait été contrainte de m'abandonner contre son gré. Tu voudrais que j'en conclue que, puisque j'ai fini par échouer ici, je ne devrais pas m'appesantir sur ce que j'ai perdu entre-temps ? Excuse-moi, mais je ne partage pas ton avis et ne vois vraiment pas cela comme un cadeau.

— Le monde ne s'arrêtera pas de tourner si tu t'autorises à insuffler un peu d'optimisme dans ta vie, répliqua-t-elle.

Avec cette même assurance tranquille qui continuait de le troubler sans qu'il puisse s'expliquer pourquoi.

— Et qui sait ? Tu pourrais même te laisser aller à espérer quelque chose. N'importe quoi.

Le regard de Lauren demeurait soudé au sien, calme et déterminé.

— L'espoir, ça nécessite de la force, Dominik. Le bonheur, ça se travaille. Et je choisis de croire que cela en vaut la peine.

— Que sais-tu de l'espoir et du bonheur ? riposta-t-il. Toi qui t'es coupée des autres, convaincue que tu n'avais pas de besoins humains ?

— Je les ai découverts grâce à toi.

Ces quelques mots, pourtant tout simples, le terrassèrent.

— Grâce à moi, répéta-t-il en secouant la tête comme s'il ne comprenait pas ce qu'elle voulait dire. Si je t'ai apporté du bonheur, princesse, je crains que tu ne te sois fourvoyée dans une forêt sombre et profonde dont tu ne ressortiras plus jamais.

Quand elle se leva, Dominik eut envie de l'arrêter, de l'empêcher de prononcer des paroles encore plus terribles.

Il la dévisagea, de la tête aux pieds, et se rendit compte que depuis leur arrivée quelques semaines plus tôt il ne l'avait pas vraiment regardée. Pas quand elle était habillée. Lauren ne portait plus ses tenues chics et soignées, professionnelles. Depuis combien de temps ? Il n'aurait su le dire. Ce jour-là, elle était vêtue d'un pantalon en jersey souple et doux au toucher, avec un haut dénudant une épaule, sous lequel Dominik pouvait aisément glisser les mains pour caresser les seins ronds et tendres.

Ce changement était révélateur en soi, mais il refusa de l'admettre.

En revanche, impossible d'ignorer la façon dont les cheveux blonds ruisselaient désormais librement sur ses épaules, en un tumulte ravissant mettant en valeur ses traits délicats.

Il avait forcément dû le remarquer, pourtant, puisqu'il pouvait y passer les doigts sans devoir d'abord ôter l'élastique retenant la chevelure soyeuse en queue-de-cheval disciplinée – qu'il avait vue comme faisant partie de l'armure de Lauren.

N'avait-il pas fait attention à ces changements ? Ou avait-il préféré ne pas les voir…

— Oui, insista-t-elle. Grâce à toi, Dominik. Tu me rends heureuse et me redonnes espoir. Si cela te déplaît, j'en suis désolée.

Elle continuait de le regarder dans les yeux. Qu'est-ce

qui le stupéfiait le plus ? Qu'elle persiste à dire ces choses effroyables, impossibles ? Ou qu'elle affiche une telle sérénité en les affirmant ?

Dominik aurait voulu lui ordonner de se taire, mais il était comme pétrifié.

— Je croyais me connaître, poursuivit-elle. Mais je me trompais. Je croyais savoir de quoi j'avais besoin, alors que je n'en avais pas la moindre idée. Je t'ai demandé de m'initier aux choses du sexe, et tu l'as fait, mais tu m'as appris bien davantage. Tu m'as tout appris.

S'interrompant, elle sourit, d'un sourire nouveau qui fit mal à Dominik.

— Grâce à toi, je suis devenue entière. Et je ne savais même pas que je ne l'étais pas.

Ses paroles l'atteignirent en pleine poitrine. Il les ressentit comme une trahison.

— Je n'ai rien fait du tout, parvint-il à répliquer. Le sexe, ce n'est pas du bonheur, ni de l'espoir. Et ce n'est certes pas un moyen de se découvrir soi-même, Lauren. Encore moins de s'accomplir.

— Et pourtant, c'est ce qui m'est arrivé, dit-elle, avec ce sourire insupportable. Si l'on suit les petits cailloux blancs assez longtemps, quitte à traverser une forêt menaçante où vivent des loups, qui sait ce qu'on trouvera au bout du chemin…

— Je sais exactement ce que l'on trouve à l'arrivée. Rien. Il n'y a pas de sorcière dans une maison en pain d'épice. Ni de Grand Méchant Loup. Ou d'ogre. Tu as été envoyée à ma recherche par un homme qui ne faisait qu'accomplir son devoir, c'est tout. Et je t'ai suivie parce que…

— Pourquoi, au juste ? Tu n'étais pas non plus obligé de m'inviter à entrer dans ton refuge. Mais tu l'as fait.

— Je n'en sais rien, et il me faudra sans doute un bon bout de temps avant de le comprendre, répliqua-t-il en fendant l'air d'un geste brusque. Mais l'aventure est terminée, Lauren. Tu as eu ton initiation, le voyage a été très agréable pour moi aussi, et basta.

— C'est terminé parce que j'y prends trop de plaisir ? s'exclama-t-elle en riant. Ne me dis pas que c'était la première fois que tu vivais ce genre d'aventure, Dominik. Tu connaissais forcément les risques. Si tu éveilles quelqu'un à la volupté, il y a de fortes probabilités pour que ce quelqu'un savoure ce voyage de découverte. N'était-ce pas ce que tu souhaitais ? Que je tombe folle amoureuse de toi ? Tu ne crois pas à ce bon vieux cliché de la vierge qui s'amourache de son premier amant ?

Dominik recula, comme s'il craignait d'être contaminé par le poison contenu dans les paroles de Lauren.

Alors qu'il était peut-être trop tard pour se protéger d'elle.

— Il n'y a aucun risque que quiconque tombe amoureux de moi, déclara-t-il sèchement.

— C'est faux. Et tu le sais.

Elle le contemplait d'un air presque déçu.

— Je pensais que c'était pour cela que tu étais resté aussi longtemps, ajouta-t-elle.

— Je suis resté à cause de notre contrat.

— Il se résumait à une nuit de noces, Dominik. Et peut-être à une prolongation d'un jour ou deux. Or cela fera bientôt deux mois que nous sommes ici.

— Peu importe la durée de notre séjour dans ce manoir ridicule. Et peu importe la cause de cette prolongation imprévue. Je suis heureux que tu aies découvert ta féminité et ta sensualité, Lauren.

Mensonge. Il était tout sauf *heureux*.

— Mais je ne partage pas ton point de vue sur le bonheur. Et je ne changerai pas.

— Tu mens, répliqua-t-elle tranquillement.

Ce fut une nouvelle trahison. Elle le regardait comme si elle le connaissait mieux qu'il ne se connaissait lui-même, et c'était intolérable. Personne ne l'avait jamais vraiment *connu*. Dominik n'avait jamais souhaité l'être.

Au moment où il allait réagir, sans savoir encore comment mettre un terme à cette discussion absurde, la double porte de la bibliothèque s'ouvrit sur une employée de Combe Manor aussi efficace que discrète, voire invisible – comme tous les quelques membres du personnel présents.

— Je regrette de vous déranger, commença-t-elle en les regardant tour à tour. Mais un incident regrettable s'est produit.

Elle tourna les yeux vers la fenêtre donnant sur l'allée principale.

— Il y a des journalistes. Partout. Armés d'appareils photo, de caméras et de micros.

L'employée adressa un regard d'excuse à Dominik.

— C'est vous qu'ils réclament, monsieur. Ils crient votre nom.

12.

Finalement, Lauren fut obligée d'appeler la police pour faire évacuer les paparazzis de la propriété.

Mais leur départ ne changeait rien au fait que les médias étaient au courant pour le testament, comme cela devait arriver tôt ou tard. Désormais, Dominik était identifié comme le fils illégitime d'Alexandrina. Son mariage avec l'assistante personnelle de son demi-frère faisait déjà la une de tous les journaux et le buzz sur les réseaux sociaux.

Lauren découvrit bientôt qu'elle n'était qu'une vulgaire aventurière intéressée. On racontait même que son patron l'avait envoyée mettre le grappin sur Dominik, dans le but de l'épouser ensuite en usant d'un prétexte et... de faire de lui une marionnette asservie à Matteo.

C'était vrai et faux à la fois, et elle aurait pu trouver comiques ces histoires plus farfelues l'une que l'autre, si la réaction de Dominik n'avait pas été de fuir.

Dès l'instant où l'employée était venue leur annoncer la présence des journalistes, il s'était volatilisé, remplacé par un étranger.

Un étranger au visage fermé qui la regardait avec une froideur glaciale mêlée de dégoût. De la même façon qu'il contemplait les paparazzis hurlant son nom sous les fenêtres. Il ne l'appelait plus ni *ma belle* ni *princesse*, naturellement. De toute manière, il lui adressait à peine la parole.

Le mobile de Lauren sonnait sans cesse, mais elle ne répondait pas. Ni aux inconnus qui devaient être des journalistes. Ni à Pia, qui avait sans doute appris qu'elle avait un demi-frère. Lauren se sentait d'ailleurs coupable de ne pas avoir insisté auprès de Matteo pour qu'il l'annonce à sa sœur plus tôt. Elle ne répondit pas non plus aux divers membres du conseil d'administration de Combe Industries, qu'elle fut ravie de renvoyer directement à sa boîte vocale.

— Cette fois, c'est M. Combe, dit-elle en soulevant son portable. Enfin.

— Et tu vas bien sûr lui répondre, répliqua Dominik, debout devant une fenêtre, le regard perdu au loin. Comme à chaque fois qu'il te siffle.

Elle préféra ne pas protester et ignorer le mépris avec lequel il lui avait lancé ce qui ressemblait fort à une insulte. Après avoir fait rapidement le point avec Matteo, Lauren remit son portable dans sa poche et dit d'un ton brusque :

— Nous avions toujours su que ce moment viendrait. C'est même surprenant que cela ne se soit pas produit plus tôt.

— Nous avons mis beaucoup de zèle à jouer notre petite comédie, répliqua-t-il d'une voix dure. Maintenant que les représentations sont terminées, il ne nous reste plus qu'à plier bagage.

— Où aimerais-tu aller en premier ? demanda-t-elle en augmentant le volume de la télévision allumée peu avant le coup de fil de Matteo. Il faudrait prévoir un événement mondain pour te présenter à…

— Non.

— Comment cela, *non* ? Tu ne veux pas être présenté à la bonne société, ou tu ne veux pas…

— Tu as interprété ton rôle à la perfection, Lauren.

À entendre le dédain contenu dans sa voix, il ne s'agissait pas d'un compliment.

— Ton M. Combe sera très fier de toi, j'en suis sûr.

Tu as été ma geôlière, ma baby-sitter, et tu m'as protégé des rapaces pendant quasiment deux mois, ce qui est un record, en effet. Je te félicite. Encore un peu, j'aurais oublié la cause de ton empressement à remplir la mission que ton cher M. Combe t'avait confiée.

Alors qu'il ne s'était même pas retourné pour lui adresser ce petit discours faussement élogieux, Lauren eut l'impression qu'il l'avait frappée physiquement.

— Je pensais les voir arriver plus tôt, dit-elle, refusant de réagir à la provocation. Mon rôle consistait à te policer un peu et à te faire un briefing sur l'histoire des San Giacomo et des Combe, Dominik. C'est tout. J'avais trouvé un ermite vivant au fond des bois, et j'étais chargée de le transformer en un San Giacomo.

— Et maintenant, je suis aussi minable que n'importe lequel d'entre eux. Tu as fait du bon travail, pour un salaire bien mérité.

Lauren avait beaucoup de mal à garder son calme. Parce qu'elle en savait trop sur Dominik, à présent. Et parce qu'il avait beau se comporter en étranger, elle le désirait tout autant. Ce matin-là, il l'avait réveillée en la pénétrant d'un vigoureux coup de reins dont le simple souvenir la faisait encore frémir de plaisir.

Aussi ne savait-elle comment se comporter maintenant. Comment accepter la distance qu'il mettait délibérément entre eux. La colère vibrant dans les beaux yeux gris. Les sous-entendus méchants perceptibles dans la moindre de ses phrases, les regards glaciaux et haineux qu'il lui lançait, comme si elle avait toujours été son ennemie.

Sans doute était-ce le prix à payer pour avoir goûté au bonheur. Pour avoir osé imaginer qu'elle y avait droit.

La redescente sur terre n'en était que plus douloureuse. Il suffisait à Lauren de contempler cet étranger froid et distant pour se sentir brisée.

Comment avait-elle pu se croire insensible à toute émotion ?

— Je sais que tu ressens cela comme une attaque personnelle, commença-t-elle prudemment. Mais il s'agit de l'image des familles San Giacomo et Combe. De la façon dont Matteo et sa sœur ont été dépeints dans les médias après les obsèques de leur père. Il n'était pas question que tu te retrouves impliqué à ton tour dans ces ragots.

— Et pourtant, c'est ce qui se passe.

— Dominik, je t'en supplie. Il ne s'agit que de contrôler la situation, de limiter les dégâts. C'est la seule raison pour laquelle M. Combe n'a pas révélé ton existence dès l'instant où il en a eu connaissance.

Quand il se retourna d'un mouvement brusque et plongea son regard dans le sien, Lauren eut de nouveau la sensation de recevoir un coup. Les larmes lui montèrent aux yeux, mais elle les refoula, sachant que ce genre de faiblesse ne ferait qu'empirer la situation.

— Tu ne peux pas limiter les dégâts, Lauren. Tu devrais bien le savoir, non ? Tu ne peux que faire de ton mieux pour y survivre.

Alors qu'elle allait répliquer, le présentateur du journal télévisé commença à parler de *la vraie identité de Dominik James*.

« Nous venons d'apprendre que Dominik James n'était pas seulement l'héritier de deux des plus grandes familles européennes. D'après nos sources, il est par ailleurs un self-made-man devenu milliardaire après avoir créé une entreprise de sécurité informatique et l'avoir vendue plus tard pour une petite fortune. Dominik avait parmi ses clients des célébrités aussi bien que des chefs d'État et un certain nombre de gouvernements, qui tous le tenaient en très haute estime. »

Des photos de Dominik apparurent sur l'écran, en costumes trois-pièces, les cheveux coupés très court, en train de serrer la main d'acteurs célèbres, de chefs d'État…

— Eh bien…, fit Dominik lorsque le journal fut interrompu par une publicité stupide. Que dis-tu de l'homme des bois métamorphosé en homme du monde d'un coup de baguette magique, Lauren ? Tu dois être contente d'apprendre que je ne suis pas l'ermite aux mœurs de sauvage que tu croyais, non ?

Depuis le jour où elle s'était retrouvée dans un grand bâtiment de pierre à l'allure inhospitalière, entourée d'inconnus, et avait passé la nuit à sangloter dans son oreiller, Lauren s'était fermée à toute émotion.

Mais avec Dominik, elle avait oublié que des émotions dévastatrices pouvaient vous tomber dessus tout à coup et vous terrasser. Vous étouffer sans pour autant vous tuer.

— Tu n'avais pas besoin de moi, dit-elle d'une voix blanche.

Tout se disloquait en elle, se brisait, criait. Cette fois, elle n'était pas certaine de survivre à cette nouvelle épreuve, encore plus cruelle que les autres.

— Non, confirma-t-il, une lueur terrible au fond des yeux.

Une lueur révélant un vide, un désespoir abyssal qui donna envie à Lauren de se précipiter vers Dominik pour le prendre dans ses bras. De le rassurer. Mais il y avait quelque chose de si froid, de si implacable dans sa voix, qu'elle ne bougea pas.

— Je n'ai jamais eu besoin de toi, Lauren.

— C'était un jeu, acquiesça-t-elle. Un divertissement. Je peux comprendre que tu aies désiré en savoir davantage sur ta famille. Mais tu t'es amusé à mes dépens.

— La vie est un jeu de massacre, Lauren, dit-il de cette horrible voix glaciale. Sans espoir. Le bonheur, c'est bon pour les imbéciles qui se racontent des histoires afin de pouvoir supporter la dure réalité. L'opium du peuple. La vérité, c'est que les gens te mentent, te déçoivent, te trahissent. Ils t'abandonnent dès que possible, ou se servent de toi pour arriver à leurs fins. Je n'ai jamais eu besoin d'être *policé*. Mais merci quand même pour tes leçons de savoir-vivre. Quant à toi, tu me remercieras plus tard de t'avoir ouvert les yeux et débarrassée de tes dangereuses illusions.

Son portable sonnant dans sa poche, Lauren le sortit et vit à nouveau le nom de Matteo s'afficher sur l'écran.

Pour la première fois de sa vie, elle n'eut pas envie de prendre l'appel. Elle aurait voulu balancer l'appareil à travers la pièce et le regarder s'écraser contre le mur. Ou le lancer à la tête de Dominik, pour voir si ce mur-là pouvait être ébranlé, d'une façon ou d'une autre.

Elle contempla son portable, se permit quelques pensées assez violentes, et quand elle leva les yeux, Dominik avait disparu.

Durant un long moment, elle resta immobile dans la bibliothèque de Combe Manor, assise sur le sofa, devant la télévision qui répétait mensonge après mensonge *la vraie personnalité de Lauren Clarke*, jusqu'à ce qu'elle soit tentée elle-même de croire à ces salades.

Son portable sonna, sonna, et elle le laissa sonner dans sa poche.

Dehors, le crépuscule tombait. Bientôt, la nuit s'étendit sur les jardins de Combe Manoir, et Lauren resta là, sur son sofa.

Elle se sentait complètement vide. Et en même temps, submergée par toutes les émotions réprimées depuis si longtemps.

Pour la première fois depuis une éternité, elle ne savait que faire. Comment s'organiser face à ce désastre. À supposer qu'elle le veuille.

Une seule chose était claire dans son esprit. Même

après la façon dont Dominik l'avait regardée, les choses horribles qu'il lui avait assénées, il était le seul vers qui elle désirait aller. Ses bras lui manquaient. Sa chaleur. Sa force.

Mais elle devrait se passer de lui. Parce qu'il était vraiment parti.

Elle découvrit bientôt qu'il avait emporté toutes ses affaires, à tel point qu'il ne restait pas la moindre trace de son passage.

Il avait dû s'éclipser pendant que, pétrifiée sur le sofa de la bibliothèque, elle s'efforçait de ne pas s'effondrer complètement.

Inutile de se lancer à sa poursuite. Il ne reviendrait pas.

Lauren était tombée éperdument amoureuse de cet homme merveilleux, tandis que lui s'était *amusé* avec elle. Dès le début.

Et elle devrait désormais apprendre à vivre avec ce douloureux constat. En plus du reste.

Lauren retourna à son ancienne vie. La vraie, celle dans laquelle il n'y avait pas d'êtres mystérieux vivant en ermite dans une cabane perdue fond des bois, tout en étant par ailleurs des hommes du monde ayant frayé avec toutes sortes de célébrités.

La vie qu'elle s'était construite toute seule, sans l'aide de personne, et que, encore quelques mois plus tôt, elle avait aimée.

Et qu'elle aimait toujours, se répéta Lauren en s'emparant de son sac avant de partir travailler.

— Tu sais, quand on commence à se parler à soi-même..., dit tranquillement Mary en versant les dernières gouttes de lait dans son thé... Ça veut dire que le stress a gagné.

Lauren la regarda, puis la cruche en verre transparent.

— Ce n'est pas ton portable qui sonne ?

Aussitôt, Mary bondit de sa chaise et se précipita dans sa chambre.

Stressée ? Pas du tout, songea Lauren en refermant la porte de l'appartement derrière elle. Tout allait bien, merci.

Elle était même heureuse, maintenant qu'elle avait découvert le grand secret. Elle savait enfin, dans sa chair, ce que ressentaient les autres. Elle comprenait pourquoi ils faisaient autant de raffut à propos du sexe. Et elle était libre de sortir avec un homme si elle en avait envie, quand elle en aurait envie. Il suffirait d'aller dans le premier pub venu, comme l'avait suggéré Dominik, pour se trouver un partenaire avec lequel poursuivre le fabuleux voyage de découvertes entrepris avec lui.

Il n'avait pas besoin d'elle ? Pas de problème. Elle n'avait pas besoin de lui non plus.

Tout en montant dans le métro un peu plus tard, Lauren décida de tenter sa chance le soir même. Elle y pensa toute la journée. Durant la vidéoconférence avec Matteo qui se trouvait dieu sait où ce jour-là, elle acquiesça quand il le fallait, comme d'habitude, alors qu'elle ne songeait qu'à la débauche à laquelle elle allait se livrer dans quelques heures.

Au fond, Dominik n'avait représenté qu'une étape, se convainquit-elle. Une entrée en matière. À présent, elle allait découvrir des ivresses plus fabuleuses encore.

Elle quitta le bureau de bonne heure – autrement dit, *à l'heure*, pour une fois –, et entra dans le premier pub qu'elle trouva sur son chemin.

Et dont elle ressortit cinq minutes plus tard après avoir regardé autour d'elle et vu des hommes dont aucun n'était Dominik, et s'être sentie submergée par une horrible envie de pleurer.

Jamais elle ne serait capable de s'intéresser à un autre homme que lui. C'était avec lui qu'elle voulait poursuivre le merveilleux voyage au pays de la volupté. Dominik était le seul et l'unique, comprit Lauren avec une fatalité inexorable.

Peut-être était-ce pour cela que, six semaines après l'arrivée des paparazzis à Combe Manor, elle réagit à une simple demande de Matteo d'une façon tout à fait inhabituelle.

— J'atterrirai à San Francisco dans peu de temps, dit-il depuis son jet privé.

— Avant de rentrer à la maison. Pour diriger votre empire.

— Oui, oui, acquiesça-t-il avec impatience. Mais avant cela, j'ai besoin de vous pour travailler sur ce mariage.

Elle cessa de pianoter sur son clavier et fit pivoter son fauteuil pour se concentrer sur l'écran.

— De quel mariage parlez-vous ? demanda-t-elle bêtement. Celui de votre sœur ? Vous savez qu'en ce moment elle et son prince jouent au chat et à la souris, n'est-ce pas ?

Matteo farfouilla dans ses papiers en fronçant les sourcils.

— Non, du vôtre, Lauren, répondit-il sans lever les yeux. La semaine prochaine, il y a une soirée de gala à Rome. Pensez-vous que votre mari soit suffisamment civilisé ? Il est capable de se montrer en public, d'après vous ?

— Dominik n'est pas un animal de cirque, répliqua-t-elle plus sèchement qu'elle n'en avait eu l'intention. Et il se débrouillait très bien avec les bonnes manières avant même de consentir à se rendre à Combe Manor. Par conséquent, vous n'avez rien à craindre, il ne brisera pas sa chaîne pour se précipiter sur les invités et en dévorer quelques-uns.

— Vous savez comment gérer les paparazzis, n'est-ce pas ? répliqua Matteo en contemplant son smartphone d'un air mécontent.

Comme il le faisait souvent. Aussi Lauren n'avait-elle aucune raison de s'en irriter.

Les paroles de Dominik résonnèrent dans son esprit.

« Tu devrais peut-être te demander jusqu'où tu serais prête à aller pour un chèque. Et pourquoi. »

« Demande-toi aussi ce que tu refuserais de faire si ton cher M. Combe te le demandait. Les réponses pourraient s'avérer fort instructives. »

Mais qu'en était-il de Matteo ? Que serait-il prêt à faire pour elle ? Saurait-il jamais la regarder comme un être humain, et non une machine ?

— En effet, acquiesça-t-elle.

C'était même elle qui avait mis au point une tactique très efficace pour faire face aux bombardements de questions indiscrètes. Mais Matteo avait oublié ce détail, naturellement.

— Faites en sorte que tout se passe bien, alors.

Et soudain, il la regarda.

— Je veux une apparition *sereine*, qui montre clairement que le scandale San Giacomo est totalement maîtrisé. Je tiens à ce que le conseil d'administration soit content.

— Mais peu importe que votre frère, que vous n'avez toujours pas rencontré en chair et en os, soit content ou non de voir étalées au grand jour des révélations concernant une famille qu'il n'a jamais connue. C'est secondaire, bien sûr.

Matteo la dévisagea en silence, battit des cils, puis demanda :

— Il est malheureux ?

— Vous lui poserez la question vous-même, répondit Lauren. Dominik est votre frère, pas le mien.

— Il est aussi votre mari, Lauren.

— Croyez-vous que ce soit le rôle d'une épouse de faire un rapport sur son mari à son patron ? Je commence à comprendre pourquoi vous êtes encore célibataire.

Une ombre passa sur les traits de Matteo, mais Lauren ne ressentit aucun besoin de s'excuser.

— Quand vous avez accepté ce rôle, vous saviez de

quoi il retournait, fit remarquer Matteo. Pardonnez-moi, mais y a-t-il quelque chose qui m'échappe ?

Subitement, un déclic se fit en elle. Une digue se rompit.

— Je suis votre assistante personnelle, monsieur Combe, commença Lauren, le menton haut. Ce qui comprend des tâches telles que faire le tri dans votre garde-robe, organiser vos déplacements, m'impliquer plus que je ne l'aurais souhaité dans votre vie privée. Mais cela n'aurait jamais dû m'amener à épouser un homme sur commande.

— Si vous aviez des objections, vous auriez dû les exprimer avant de vous lancer dans l'aventure et de l'épouser. Il est un peu tard pour vous plaindre, vous ne croyez pas ?

— Quand ai-je jamais eu la possibilité, ou plutôt la permission, d'émettre des objections, depuis que je travaille pour vous ? Quand ai-je pu vous dire *non* ?

Le visage de Matteo s'assombrit, le froncement de sourcils s'accentua. Pas sous le coup d'une émotion, non. Il était décontenancé.

— J'ai énormément d'estime pour vous, Lauren, si c'est de cela qu'il s'agit. Vous le savez, non ?

Oui, mais elle n'était plus la même. Ce n'était plus l'estime de Matteo qui lui importait. Cette époque était révolue.

Avec le recul, Lauren comprenait parfaitement le processus. N'ayant jamais été désirée par quiconque, elle avait tout fait pour que l'on ait besoin d'elle. Elle l'avait fait sciemment. S'y était consacrée tout entière. Et lorsqu'elle avait été embauchée par Matteo au sortir de l'université, elle avait considéré cela comme une occasion de cicatriser les anciennes blessures. Non contente de satisfaire tous les besoins de son patron, elle pouvait les anticiper.

Elle avait cru qu'ils formaient une équipe, un tandem. Ça avait été le cas, durant des années.

Mais Dominik lui avait fait découvrir autre chose. Il lui avait appris à s'estimer. À avoir des désirs et à les assumer.

À *être désirée*. À en vouloir *davantage*.

Les demi-mesures ne lui suffisaient plus, ni une vie passée à tout donner à un homme qui ne le lui rendait pas, et dont elle n'attendait plus rien.

Lauren ne désirait pas se sacrifier. Ni être une martyre.

C'était fini, ça.

Et si Dominik avait réagi comme il l'avait fait, s'il l'avait fuie, c'était par peur de la perdre.

Il avait préféré ne prendre aucun risque.

Si elle n'avait pas compté pour lui, il ne serait pas resté aussi longtemps à Combe Manor. Et il n'aurait pas disparu aussitôt après qu'elle lui eut ouvert son cœur.

Lauren contempla l'espace luxueux où elle s'était sentie chez elle, plus que dans l'appartement partagé avec Mary. Les baies vitrées donnant sur la City, sur le paysage urbain qu'elle aimait tant. Pas parce qu'elle avait besoin de béton et de gratte-ciel, mais parce que cet environnement avait été pour elle une présence familière. Un repère fiable. Une proximité amicale qui ne lui tournerait pas le dos subitement, comme l'avaient fait ses parents autrefois.

Or elle pouvait se passer de soutien, à présent.

Elle n'avait plus *besoin* de rien. Et il était temps de se concentrer sur ses désirs.

— Oui, je le sais, répondit-elle à Matteo en le regardant droit dans les yeux. De mon côté, j'ai beaucoup apprécié toutes ces années de collaboration avec vous, monsieur Combe. Plus que vous ne pouvez l'imaginer. Mais le moment est venu pour moi d'avancer.

Quand il voulut protester, Lauren sourit.

— Considérez cela comme ma démission. Je mettrai ma remplaçante au courant de tout, et je me charge d'en trouver une qui soit à la hauteur, ne vous inquiétez pas.

— Lauren, commença-t-il, gentiment.

— Je regrette, l'interrompit-elle avec calme. Mais je ne peux plus être votre assistante, monsieur Combe.

Cette nuit-là, Lauren resta éveillée à fixer le plafond de sa chambre et quand elle en eut assez, elle se tourna sur le côté pour regarder la fenêtre dont elle n'avait pas fermé les rideaux.

Des milliers de lumières brillaient, clignotaient, de toutes les couleurs. C'était son univers. Londres avait représenté tout pour elle, mais ce n'était qu'une ville. Immense, certes. Fabuleuse. Mais une ville et rien qu'une ville.

Et cela ne suffisait plus à Lauren. Elle ressentait un manque terrible, là, au plus profond de son être.

Elle songea au désir, au besoin. À la différence cruciale entre les deux, et à la raison pour laquelle il lui avait fallu autant de temps pour le comprendre.

Le lendemain, elle prit l'avion pour la Hongrie.

Quand elle arriva au village situé en bordure de la forêt, l'après-midi était déjà bien avancé. Cela ne l'arrêta pas. Laissant la voiture de location près de l'auberge où elle avait passé la nuit la première fois, dans son ancienne vie, Lauren se mit en route.

L'approche du crépuscule ne la préoccupa pas non plus, ni la nette baisse de température. Elle resserra son étole rouge autour de son buste et continua d'avancer à travers bois.

Le chemin était exactement comme elle s'en souvenait, il se dirigeait droit vers la clairière, toujours aussi mal commode pour les talons hauts. Parce qu'elle en portait, naturellement.

Elle avait beau être devenue une autre femme, cela ne signifiait pas pour autant qu'elle ait l'intention de porter des *bonnes* chaussures.

Tout en marchant, elle songea aux contes de fées. Il n'y avait pas de petits cailloux blancs sur le chemin. Pas d'ogres ni de loups aux crocs acérés dissimulés dans les bois. Ni de sorcières déguisées en fées bienveillantes.

Il n'y avait qu'elle, Lauren, sûre d'elle et de son désir.

Quand elle parvint à la clairière, elle la traversa et se dirigea droit vers le cottage. Il n'y avait pas d'ombre sous l'auvent, mais cela ne la surprit pas. Sans se donner la peine de frapper, elle ouvrit la porte et entra.

La pièce n'avait pas changé. Elle était toujours aussi accueillante et chaleureuse.

Et Dominik était là, assis devant le feu, et il la regardait de ses yeux gris comme un ciel d'automne.

— Fais demi-tour, Lauren, dit-il d'une voix rauque. En partant maintenant, tu arriveras au village avant la nuit. À ta place, je ne m'aventurerais pas dans la forêt en pleine obscurité. Pas avec ces chaussures.

— Je suis venue ici pour une seule raison, répliqua tranquillement Lauren.

Elle contempla les épais cheveux noirs, de nouveau trop longs sur la nuque. La bouche au pli sévère qui l'avait cajolée, embrassée partout.

— Et cette raison, c'est toi.

— Tu n'aurais pas dû venir.

— Et pourtant je suis venue. Sans t'avoir demandé la permission. De la même façon que tu t'es enfui de Combe Manor sans même me laisser un petit mot d'explication.

— Je ne doute pas que la mission qui t'amène ici soit aussi importante que celle qui t'avait donné le courage de traverser ma forêt.

Un éclair jaillit des yeux gris.

— Mais je me fiche de ce que ton M. Combe…

— Il ne m'a pas envoyée. Je ne travaille plus pour lui.

Lauren soutint le regard ombrageux dardé sur le sien.

— Il s'agit de toi et moi, Dominik.

Quelque chose bascula dans l'atmosphère. Une tension presque palpable vibra entre eux.

— Il n'y a pas de toi et moi.

— Notre mariage n'était peut-être qu'un jeu pour toi, dit-elle doucement. Mais nous n'en sommes pas moins mariés. Je suis ta femme.

— Je n'ai pas plus besoin d'épouse que de frère. La famille, ce n'est pas mon truc, Lauren. Ni les plaisanteries. Cela ne m'intéresse pas.

— Dommage, répliqua-t-elle en croisant les bras. Mais je ne t'ai pas demandé si tu avais besoin d'une épouse. Je t'ai rappelé que tu en avais une.

— Tu perds ton temps.

Elle sourit et adora le voir cligner des yeux, manifestement pris au dépourvu par cette arme inattendue.

— Tu ne me décourageras pas aussi facilement, Dominik.

En réalité, Lauren n'avait pas envie de parler. Elle brûlait de le toucher, d'enfouir le visage dans le creux de son cou.

— Tu m'as appris à désirer, poursuivit-elle néanmoins. Eh bien, ce que je désire, c'est toi.

13.

— Je ne suis pas un jouet avec lequel on s'amuse ou dont on se débarrasse à sa guise, Lauren. Je croyais que c'était clair.

Dominik avait prononcé ces paroles d'un ton froid et dur alors qu'il n'avait qu'une envie : se lever et prendre Lauren dans ses bras. Or il ne pouvait se le permettre. Même si soudain il avait du mal à se souvenir de ce qui l'empêchait de le faire.

Car elle était là, devant lui, à l'endroit même où il l'avait imaginée des centaines de fois depuis son retour en Hongrie.

Mais il ne se laisserait pas aller, il ne la toucherait pas, ne se perdrait pas dans sa merveilleuse douceur. Parce que c'était comme ça que tout avait commencé, avant de finir par dégénérer, évidemment.

— Je t'ai fait découvrir les plaisirs du sexe, c'est tout, dit-il, les mâchoires crispées.

Il ne voulait pas repenser à cela. À la manière dont Lauren s'était totalement abandonnée à lui. Il n'avait rien oublié de ces instants fabuleux, il les portait en lui.

— Tu y as vu des choses qui n'existent pas. Pas pour moi, en tout cas.

— J'ai suivi ton conseil, Dominik. Je suis entrée dans le premier pub venu pour me trouver un amant.

Une douleur vive lui traversa les mâchoires, si intense qu'il dut se forcer à les desserrer.

— Lauren, ce que je te conseille maintenant, c'est de ne pas te vanter de tes exploits sexuels devant moi.

— Pourquoi pas ? Puisque tu ne veux pas de moi ?

Elle sourit de nouveau, de ce sourire trop tranquille, trop serein.

— Inutile de me donner d'autres conseils ou de me menacer, poursuivit-elle. Je suis entrée dans un pub, j'ai regardé autour de moi et suis repartie. Les exploits sexuels ne m'intéressent pas, Dominik. Je te l'ai dit, c'est toi que je veux.

— Non, répliqua-t-il d'une voix sombre. Tu te trompes.

— Je suis certaine du contraire.

— Peut-être, mais tu ne me connais pas.

Il n'attendit pas qu'elle réagisse. Il se leva, s'avança vers elle pour lui faire bien comprendre qu'elle devait s'en aller. Quitte à passer le restant de ses jours enfermé chez lui à tâcher de se remettre de cette lamentable histoire.

Parce qu'elle l'avait brisé, détruit, et qu'il n'avait pas encore réussi à rassembler les morceaux.

— J'avais d'abord cru que c'était l'assaut des médias qui t'avait fait fuir, mais de toute évidence, tu t'en fiches complètement. Tu sais très bien comment gérer ce genre de situation.

— Je m'en fiche, en effet, acquiesça-t-il lentement.

Dominik tendit la main et effleura la joue à la peau douce. Seulement pour vérifier la justesse de la sensation qu'il gardait imprimée en lui.

Il n'aurait pas dû. Parce que c'était encore mieux que dans son souvenir.

— Dominik, je sais ce que tu ressens…

— Non, tu ne sais rien de moi, l'interrompit-il brutalement. Pense à tes parents que tu crois avoir compris.

142

Eh bien tu te trompes. Parce que le problème, ce sont eux, pas toi.

— Ce sont des gens limités, répliqua-t-elle, déconcertée. Je ne peux pas nier que je souffre encore de ce qu'ils m'ont fait autrefois, mais je ne suis plus une petite fille. Et je pense maintenant que ce sont eux qui ont raté quelque chose, en effet.

— Ces propos sont ceux d'une adulte. Je t'admire, Lauren. Mais je ne suis pas toi. C'est cela que j'essaie de te dire.

Il faisait allusion à ce qu'il avait toujours su, depuis sa plus tendre enfance. Mais qu'il n'avait jamais dit à voix haute. Même pas à lui-même. Et pourtant, c'était si évident.

— Il y a quelque chose qui cloche en moi, Lauren.

Les yeux caramel étincelèrent tandis qu'elle le dévisageait en serrant les poings.

— Dominik… Il n'y a rien qui cloche en toi. *Rien*, tu m'entends ?

— Ce n'est pas une impression. C'est un fait.

Quand elle tendit la main vers lui, il l'arrêta d'un geste.

— J'avais six jours quand je suis arrivé à l'orphelinat. Et les bébés n'y restent jamais longtemps, il y a toujours des parents en manque d'enfants qui les veulent. Mais personne n'a voulu de moi. Ni à ce moment-là ni par la suite.

Elle secoua la tête, si farouchement que la queue-de-cheval suivait le mouvement, donnant envie à Dominik d'ôter l'élastique, de glisser les doigts dans…

— Ce sont peut-être les religieuses qui ont voulu te garder, Dominik. Tu n'as jamais pensé à cela ? Elles n'ont peut-être pas pu se résoudre à se séparer de toi.

À ces mots, il éclata de rire, d'un rire caverneux et lugubre. Mais tout à coup, il revit le visage bienveillant de sœur Maria Ana, qui s'occupait de lui quand il était petit, jusqu'à ce que le cancer l'emporte. Il avait cinq ans quand elle était morte.

143

Comment avait-il pu oublier le sourire de cette religieuse ? Son affection, sa tendresse ? Dominik refoula ce souvenir. Le fait qu'une personne lui ait témoigné de l'affection ne changeait rien à ce qu'il avait vécu.

— Personne n'a jamais voulu de moi, persista-t-il. *Personne*, je n'exagère pas. Il y a quelque chose de mauvais en moi. Si tu ne t'en rends pas compte maintenant, tu le comprendras plus tard. Et je ne vois pas pourquoi nous nous infligerions une telle épreuve.

S'il la laissait rester, s'il la laissait lui dire à nouveau ces choses impossibles, il ne pourrait plus jamais la laisser partir.

— Dominik…

— Tu m'as montré des albums remplis de photos des San Giacomo, coupa-t-il. De générations d'individus obsédés par leur lignée. Ils ont répertorié tous les membres de leur sacro-sainte famille. À l'exception d'un seul. Moi. *Elle* m'a abandonné, jeté comme une ordure.

— Elle avait seize ans, répliqua Lauren, les yeux brillants. Elle n'était qu'une adolescente terrifiée qui a fait ce que son père tout-puissant lui a ordonné de faire. Je ne l'excuse pas de ne pas avoir cherché à te retrouver plus tard, alors qu'elle l'aurait pu. Mais tu sais néanmoins qu'elle t'a jamais oublié. Elle connaissait ton nom et savait sans doute où tu vivais. Je ne peux pas parler à la place d'une morte, Dominik, mais il me semble que cela prouve que tu comptais pour elle.

— On ne peut pas se soucier de quelqu'un dont on s'est débarrassé comme d'un objet encombrant, riposta-t-il sèchement.

Quand il vit le visage de Lauren se décomposer, Dominik sentit son propre cœur se serrer.

— Tu fais allusion à la manière dont tu t'es comporté avec moi ? demanda-t-elle.

— Je t'ai quittée avant que tu ne te rendes compte, ainsi

que le reste du monde, que je n'étais pas à ma place dans un endroit comme Combe Manor. Je suis un orphelin. Un gamin de la rue. Je me suis engagé dans l'armée parce que je voulais mourir pour mon pays, Lauren. Pas pour y trouver une voie de salut.

— Tu es peut-être tout cela ensemble, dit-elle avec force. Mais à présent, tu es un San Giacomo en plus d'un self-made-man accompli. Et mon mari.

Au lieu de s'éloigner de Lauren comme il le voulait, il se rapprocha d'elle et lui prit les bras en la regardant dans les yeux.

Lauren, avec ses escarpins absurdes avec lesquels elle marchait avec autant de grâce que si elle avait été pieds nus. Ses yeux caramel rivés aux siens, lisant trop profondément en lui.

— Je ne sais pas comment être un mari.

— Tandis que moi, je suis experte dans l'art d'être une épouse, c'est cela ?

— Je ne…

— Dominik.

Comme dans un rêve, il la vit, la sentit se presser contre lui, pencher légèrement la tête en arrière pour mieux le regarder.

Et il n'y eut plus rien d'autre qu'elle. Lauren.

— C'est très simple, ou tu m'aimes ou tu ne m'aimes pas.

C'était très simple, en effet. Dominik savait ce qu'il devait dire. Il suffisait de prononcer les mots qui lui briseraient le cœur, et le sien, mais qui libéreraient Lauren pour toujours.

De son côté, il reprendrait sa vie solitaire, au milieu de cette forêt où personne ne pouvait l'atteindre ni le décevoir.

Il savait parfaitement ce qu'il devait dire. Mais Lauren était si chaude, si douce, ainsi lovée contre lui… Elle était la lumière et le soleil, les seuls capables de le réchauffer.

S'il l'avait suivie en Angleterre, puis l'avait épousée,

ce n'était pas par obligation envers quiconque ou envers son passé, mais parce qu'il l'avait voulu.

— Admettons que je t'aime, dit-il en enlaçant ses doigts. Que savons-nous de l'amour, toi et moi ?

Elle dégagea ses mains et leva les bras pour les lui passer autour du cou.

— Il n'y a rien à savoir, répliqua-t-elle en souriant. Pense aux contes de fées. Une seule chose est nécessaire pour garantir une fin heureuse.

— Une baguette magique ? demanda Dominik.

Ses mains agirent d'elles-mêmes. L'élastique glissa sur les longs cheveux blonds qui se répandirent en ondes dorées sur les belles épaules rondes.

— Et la bonne fée qui va avec ?

— Que tu as de drôles d'idées, murmura-t-elle avec malice.

— C'est pour mieux te sauver, belle enfant. Si tu veux bien me laisser faire.

— Non, je ne veux pas, chuchota-t-elle en rapprochant le visage du sien. Pourquoi ne pas nous sauver l'un l'autre ?

— Je ne te connais pas, répliqua-t-il en fronçant les sourcils, l'air faussement choqué.

Lorsque la bouche de Lauren effleura ses lèvres, Dominik sentit quelque chose fondre dans sa poitrine. Une chaleur délicieuse se répandit partout en lui.

— Voilà, c'est ça, la fin heureuse, Dominik. Il suffisait d'un baiser.

Il repensa à ce qu'elle lui avait dit dans la bibliothèque de Combe Manor, quand elle parlait d'espoir et de bonheur. De ces choses auxquelles il n'avait jamais cru. Mais avec Lauren, c'était différent.

Tout était différent, avec elle.

Dominik la serra dans ses bras et l'embrassa, de tout

son cœur, avec tout son amour. Là, dans leur cottage enchanté perdu au fond des bois.

Leur fin heureuse durerait jusqu'à la fin des temps, décida-t-il. Comme dans les contes de fées.

Épilogue

Dominik sortit sur le balcon et regarda les derniers rayons du soleil projeter des reflets orangés sur les eaux paisibles du Grand Canal.

Un calme parfait régnait dans la vieille demeure somptueuse des San Giacomo, mais sachant que cela ne durerait pas bien longtemps, il savoura la quiétude de l'été finissant.

Il sourit en songeant au chaos que son fils de dix ans était capable de déclencher en un rien de temps, sans se soucier du regard sévère des vénérables ancêtres dont les portraits ornaient les murs.

Quant aux jumelles, elles savaient fort bien se faire entendre et, du haut de leurs cinq ans, tenir tête au grand frère qui aimait à leur démontrer qu'il était l'aîné et qu'à ce titre elles lui devaient respect et obéissance…

Cependant, en dépit du remue-ménage quasi permanent dont ce petit monde tapageur semblait indissociable, Dominik n'aurait pu imaginer vivre sans eux, lui qui envisageait autrefois de passer toute son existence au milieu de la forêt, avec lui-même pour seule compagnie.

Il avait savouré sa solitude. Mais il adorait cette vie de famille que lui et Lauren avaient créée ensemble. Ce vent de folie qui soufflait chaque jour, apportant son lot de surprises plus fantaisistes les unes que les autres.

Avec Lauren, ils construisaient leur conte de fées à

eux, pierre après pierre. Ils bâtissaient leur bonheur. Ce bonheur que Dominik avait cru inaccessible et dont il découvrait les ressources infinies. Grâce à Lauren.

Peu de temps après leurs retrouvailles, il avait fait la connaissance de sa demi-sœur, à Athènes. Pia l'avait accueilli à bras ouverts, comme si, au fond de son cœur, elle avait toujours pressenti son existence et attendu ce jour.

Par la suite, Dominik avait fini par rencontrer son demi-frère – en chair et en os, cette fois.

Après un charmant dîner dans l'une des résidences new-yorkaises de la famille Combe, lui et Matteo étaient sortis sur une terrasse offrant une vue panoramique de Manhattan.

« Je ne sais pas comment me comporter en frère », avait dit Dominik.

« Si elle t'entendait, Pia ne manquerait pas de te préciser que je ne le sais pas non plus », avait répliqué Matteo.

Quand ils s'étaient regardés en souriant, Dominik avait commencé à y croire. À concevoir que cela puisse fonctionner entre lui et cette famille dont il avait affirmé ne pas vouloir.

Ses sentiments envers Matteo avaient été complexes, jusqu'à ce qu'il comprenne rapidement que sa propre réticence venait surtout du fait que, durant des années, Lauren avait tellement admiré son cher M. Combe.

Matteo avait heureusement rapidement réglé le problème en épousant la psy qu'il avait été contraint de consulter, et qui était en outre enceinte de jumeaux dont il était le père. Il avait été entièrement réhabilité aux yeux de Dominik le jour où il avait déclaré à Lauren que depuis son départ tout allait de travers à Combe Industries.

Il l'avait alors réembauchée, non plus comme assistante, mais comme vice-présidente.

Pendant que Lauren s'installait dans son nouveau rôle – et y excellait, naturellement –, Dominik s'amusait à assumer ses devoirs d'aîné des San Giacomo. Matteo et Pia en profitèrent pour lui demander d'être le visage de la vieille famille vénitienne. Et il ne fallut pas longtemps à Dominik pour se rendre compte avec stupeur qu'il n'avait aucun effort à faire pour être à la hauteur de sa mission. En fait, il était naturellement doué pour la remplir…

Entendant le clic-clac familier de très hauts talons sur le sol pavé de marbre, il sourit.

Quelques instants plus tard, son épouse adorée apparut, défit d'un geste gracieux la queue-de-cheval qui faisait partie de sa tenue de travail, et lui sourit à son tour, tandis que les reflets mordorés jouaient dans les beaux yeux caramel.

— Tu as l'air très content de toi, mon chéri. Dois-je comprendre que tu as réussi à persuader les enfants de dormir, pour mille ans au moins ?

— Ce sera mon prochain tour de magie, répondit-il en la prenant dans ses bras. Mais je songeais plutôt à ce que j'allais faire avec la belle princesse qui continue d'enchanter mes nuits…

Sans plus attendre, Dominik l'embrassa avec passion, rérénant à grand-peine le désir de la soulever dans ses bras et d'aller l'étendre sur cet autre lit à baldaquin qui était le leur quand ils séjournaient à Venise.

Il lui faudrait attendre un peu. Parce qu'ils n'étaient plus seuls au monde, désormais. Et que leurs filles attendaient avec impatience que leur maman vienne leur lire une histoire avant de se mettre au lit.

La main dans la main, ils traversèrent les pièces immenses et se dirigèrent vers la chambre des jumelles.

— Je t'aime, murmura Lauren quand ils arrivèrent devant la porte.

— Pas autant que je t'aime.

Dominik aimait sa femme plus encore qu'autrefois. Plus que la veille et moins que le lendemain. Il l'aimait davantage chaque jour et il en serait toujours ainsi.

Immobile sur le seuil, il la regarda s'avancer vers leurs filles qui l'attendaient, assises sur leurs lits, l'une suçant son pouce, l'autre installant son précieux doudou sur ses genoux.

Lorsque son fils vint s'arrêter à côté de lui, une expression dédaigneuse sur les traits, Dominik passa un bras autour de ses minces épaules.

— Je vais vous lire un conte, dit Lauren aux jumelles.

— Pff ! Les contes de fées, ce n'est pas la vraie vie ! déclara leur frère.

Les deux petites filles protestant à grands cris, il se contenta de les toiser d'un air supérieur.

— Tu ne crois pas aux contes de fées ? demanda Dominik. Je ne t'ai jamais raconté comment nous nous sommes rencontrés, ta maman et moi ?

Il passa la main dans les épais cheveux brun foncé de son fils, puis contempla la femme merveilleuse qui avait bouleversé sa vie dès l'instant où elle était apparue dans sa clairière.

— Il y a très longtemps, dans un pays très très lointain, une belle jeune femme aux longs cheveux dorés, enveloppée dans une grande cape rouge, s'aventura dans une forêt sombre et profonde, commença-t-il.

— Après avoir marché longtemps, longtemps, enchaîna Lauren, elle finit par déboucher dans une petite clairière où se dressait une jolie maisonnette… qui n'était autre que celle du Grand Méchant Loup… Mais, ô surprise, elle s'aperçut bientôt qu'en fait celui-ci n'était pas méchant du tout.

C'est ainsi qu'ils racontèrent leur conte préféré à leurs enfants, le créant ensemble et au fur et à mesure, comme ils le faisaient depuis leur toute première rencontre, et comme ils avaient bien l'intention de continuer à le faire, jusqu'à la fin des temps.

Vous avez aimé ce roman?
Retrouvez vite en numérique le premier titre
déjà paru de la série « Scandaleuse noblesse ».

1. *Séduite par un noble italien*
2. *Une conquête scandaleuse*

Et rendez-vous le mois prochain pour la suite
de votre série. Un roman signé Caitlin Crews !

Ne manquez pas dès le mois
prochain dans votre collection

Azur

le premier tome de la nouvelle série :

PASSION ET PRIVILÈGES

*Un monde de privilèges les sépare,
le désir les unit...*

Un roman inédit chaque mois de mars à avril 2020

Retrouvez en mars 2020, dans votre collection

Azur

La reine de Samarqara, de Jennie Lucas - N°4191
LES PRINCES DU DÉSERT

Une intruse, voilà à quoi ressemble Beth. Que fait-elle dans cette soirée royale, à l'issue de laquelle le roi Omar désignera son épouse ? Jamais elle n'aurait dû se trouver parmi les prétendantes au trône de Samarqara, toutes plus belles les unes que les autres. Seulement, elle a promis à sa jumelle de la remplacer durant ces quelques heures hors du temps. Bientôt, alors que les festivités s'achèvent et qu'elle croit son calvaire terminé, c'est la stupéfaction, pour Beth. Car c'est *elle* que le somptueux cheikh vient de choisir...

Une innocente à conquérir, de Kim Lawrence - N°4192

Zach Gavros n'a qu'un but : retrouver Katina, l'héritière de son mentor, puis l'introduire parmi la haute société grecque dont la jeune femme a jusqu'ici été tenue à l'écart. L'initier au luxe tout en écartant ceux qui voudront profiter d'elle, voilà l'idée ! Bien que simple, cette mission se complique pourtant dès leur première rencontre. Malgré lui, Zach éprouve en effet un désir irrépressible pour Katina. Au point qu'il doit bientôt la protéger de lui-même...

Nuit de passion à New York, de Carol Marinelli- N°4193

Khalid, prince d'Al-Zahan, ne perd jamais le contrôle. Jamais. Il maîtrise ses émotions et ne laisse personne entrevoir qui il est, sous le vernis royal. Pourtant, lorsqu'il croise le regard d'Aubrey, à New York, il sent soudain son armure se fissurer. Est-ce la fragilité de la jeune femme, son innocence qui a raison de ses dernières résistances ? Incapable de réprimer ses pulsions, il cède à cette attirance inouïe et passe une nuit avec Aubrey. Tout en sachant qu'au petit matin il devra lui dire adieu pour accomplir son devoir...

De tulle et de haine, d'Abby Green - N°4194

Deux ans plus tôt, Lara a été contrainte de quitter Ciro Sant'Angelo, son fiancé – l'homme qu'elle aimait éperdument. Or aujourd'hui il est de retour dans sa vie, et la haine qu'il lui voue n'a d'égal que le désir qui brûle encore entre eux. Comme elle voudrait pouvoir lui révéler ses sentiments, toujours vifs, et apaiser les cicatrices qui marquent désormais cet homme, en raison du drame qu'ils ont partagé ! Hélas, Ciro se montre si dur avec elle que Lara préfère se taire. Jusqu'à ce qu'il lui réclame son dû – un mariage !

Le secret de Belle, de Lynne Graham - N°4195

Une serveuse et un milliardaire. Au départ, entre Belle et Dante, il ne devait s'agir que d'un simple arrangement. Elle jouait le rôle de sa fiancée, contre une jolie somme d'argent qui la tirait d'embarras. Mais la passion peut frapper partout et tout le monde. Et une nuit à Paris changer le cours d'une destinée… C'est ce que comprend Belle, en même temps qu'elle se découvre enceinte d'un homme avec lequel elle n'a rien en commun !

Scandaleuse liaison au casino, de Julia James - N°4196

Dans le casino de Las Vegas où elle participe à un colloque, tous ignorent son identité. Ici, elle n'est plus Donna Francesca di Ristori, héritière de deux nobles maisons, mais simplement Fran. Et elle compte bien profiter de ce délicieux anonymat. Grisée par cette liberté soudaine, Fran est tentée de répondre aux avances de Nic, l'homme sublime qui vient de l'accoster. Et bientôt elle s'abandonne entre ses bras, le temps d'une parenthèse enchantée. Une parenthèse qui, hélas, est interrompue quand son devoir la sépare de son inoubliable amant…

L'apollon d'une île grecque, de Susan Stephens - N°4197

Alors qu'elle aurait dû passer sa lune de miel sur une île paradisiaque avec son nouvel époux, Kimmie brûle sa robe de mariée sur la plage. Pas question pour elle de se morfondre sur son fiancé volage et ses noces avortées. Au contraire, elle compte bien profiter de son séjour en s'offrant, pourquoi pas, une aventure avec Kristof Kaimos, le propriétaire des lieux. S'il se montre trop arrogant à son goût, il possède une séduction envoûtante. Une séduction à laquelle Kimmie n'a aucune envie de résister… quel que soit le prix à payer !

L'héritière et le prince play-boy, de Caitlin Crews - N°4198

SÉRIE : *SCANDALEUSE NOBLESSE* - 3/3

Une nuit de délices dans les bras d'un inconnu. Durant quelques heures magiques, Pia s'est sentie vivante et libre. Juste une femme et non l'héritière de la puissante famille Combe… Mais, en se découvrant enceinte d'Arès, prince d'Atilia, elle sent le poids des responsabilités l'écraser de plus belle. Bientôt, Pia sera la mère des jumeaux de deux lignées exceptionnelles… et l'épouse d'un roi !

Un amant pour ennemi, de Michelle Smart - N°4199

SÉRIE : *PASSION ET PRIVILÈGES* - 1/2

Beth vit un rêve : arrivée à Vienne pour y organiser un prestigieux bal masqué, elle tombe immédiatement sous le charme de Valente Cortada, un apollon chargé de la guider dans le palais qui la reçoit. Durant quelques jours, elle espère oublier ses soucis et la menace que représente Alessio Palvetti sur son existence. Cet homme d'affaires cruel ne lui a pas caché sa volonté de lui arracher Dom, le bébé qu'elle a recueilli et dont il est l'oncle. Hélas, après qu'elle a succombé à Valente, Beth découvre qu'Alessio et lui ne font qu'un…

L'enfant de Rico Montero, de Dani Collins - N°4200

Poppy aime sa petite Lily plus que tout au monde. Aussi est-elle effrayée le jour où débarque chez elle le père de l'enfant. Si elle a caché à Rico Montero sa paternité, c'est parce que tous deux n'avaient aucun avenir ensemble. Pourquoi un aristocrate espagnol se serait-il intéressé à une femme comme elle, au-delà de leur unique étreinte passionnée ? Hélas, bien qu'il ne puisse jamais être question d'amour entre eux, Rico est là pour reconnaître son héritière et faire de Poppy sa légitime épouse...

Un séducteur pour patron, de Anna Cleary - N°4201

À peine engagée, Mirandi découvre avec stupeur que son nouveau patron n'est autre que Joe Sinclair. Joe qu'elle n'a pas revu depuis des années, depuis qu'il l'a quittée brutalement après quelques mois d'une liaison passionnée. Et, si le jeune homme rebelle d'autrefois est devenu un homme d'affaires richissime, son regard est resté aussi sensuel qu'impérieux. Dire que, dans le cadre de son nouveau travail, elle va devoir l'accompagner à une conférence sur la Riviera française ! Une perspective qui la plonge dans l'angoisse : ne devra-t-elle pas passer toutes ses journées en compagnie de Joe ? Sans parler des nuits interminables où elle devinera sa présence, tout près, dans la suite voisine de la sienne...

Azur

 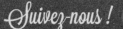

Composé et édité par HarperCollins France.

Achevé d'imprimer en janvier 2020.

Barcelone

Dépôt légal : février 2020.

Pour limiter l'empreinte environnementale
de ses livres, HarperCollins France s'engage
à n'utiliser que du papier fabriqué à partir de
bois provenant de forêts gérées durablement
et de manière responsable.

Imprimé en Espagne.